一 눈이 와요

여자는 가냘픈 손목으로 소주병 뚜껑을 땄다. 반 바퀴 회전하던 뚜껑은 똬리를 풀듯 움켰던 몸을 펼쳤다. 여자는 잔에 소주를 가득 채운 후 맑은 것을 한참 들여다보았다. 여자의 등은 그 작은 잔에 소주 말고도 담아야 할 것들이 많아 보였다. 그것이 기쁨이나 행복에 반하는 감정이라는 것을 차마 눈치채지 않을 수 없는 장면이었다. 여자는 가득 찬 소주잔 위에 한숨을 얹어 천천히 들이켰다. 알코올은 내가 보지 못하는 여자의 표정에 스며들고 있을 것이다. 봉분 같이 부풀었을 미간 사이의 주름, 쓸쓸히 혼자 술을 마셔야 하는 사람들에겐 빠질 수 없는 황폐할 여자의 표정을 나는 아직 보지 못했다.

파란색 플라스틱 테이블 위로 여자의 소주잔이 다시 빈 상태로 놓일 때, 피로해 보이는 두 명의 남자가 포장마차 안으로 들어섰다. 두 남자는 누가 먼저랄 것도 없이 동시에 여자를 힐끔거렸고 빈자리에 앉아 벽에 걸린 메뉴판을 훑으면서도 여자를 힐끔거렸고 주문을 하면서도 여자를 힐끔거렸다. 포장마차에서 젊은 여자가 홀로인 것만으로도 뭇 남자들의 이목이 쏠릴 일인데, 심지어 책을 읽고 있는 그녀에게 시선을 빼앗기는 게 썩 이상한 일은 아니었다.

"이모님! 소주랑 오돌뼈요."

다리를 절면서 여자에게로 향하던 이모라 불린 자의 손에는 식빵처럼 부푼 계란말이가 하얀 접시에서 열을 삭히고 있었다.

"아이고, 오랜만이네요들."

두 남자를 바라보며 웃던 이모는 서서히 수축해가는 계란말이를 여자의 테이블에 올려놓았다.

"천천히 마셔."

여자는 이모를 쳐다보며 고개를 끄덕였고 이번에는 계란말이를 뚫어져라 쳐다보는 모양이었다. 계란말이에는 어떤 감정을 풀고 있는 것일까.

여자가 긴 머리카락을 한데 솎아 검은 고무줄로 돌돌 묶었다. 그 뒷모습이 마치 거창한 의식을 치를 사람 같았다. 가만히 있는 여자의 등은 위태로워 보였지만, 한 가닥의 머리카락도 남김 없이 포박해버리는 여자의 손은 꽤 강단 있어 보였다. 여자는 허튼 생각 따위 하지 않겠다는 듯 곱게 묶은 머리둘레를 양 손 바닥으로 몇 차례 문질러 고정했다. 여자가 다시 정자세를 취했을 때 아까와는 다른 감정이 전이되었다. 말하자면, 머리카락을 풀고 있었을 때의 뒷모습에서는 관념적 슬픔이 느껴졌고 머리카락을 질끈 묶은 뒷모습은 이성적 슬픔 같았는데, 어쨌거나 슬픔이었다. 좁은 어깨선과 가느다란 목선, 미처 묶이지 못하고 목선 양옆으로 비어져 나온 잔 머리카락, 여자가 미동할 때마다 설핏 드러나는 얼굴선. 블라인드 된 사람에게서 뿜어져 나오는 애수 따위가 모닥불의 온기처럼 번지고 있었다.

이모는 남자들의 테이블에 오돌뼈를 내주곤 다시 여자에게로 다가갔다. 여자는 옆에 있던 플라스틱 의자를 이모가 앉기 편하게 꺼내주었다. 이모는 엉덩이 한쪽도 겨우 받칠 것 같은 작은 의자에 육중한 몸을 얹었다. 이모가 소주병을 들자 여자는 익숙한 듯 두 손을 모아 빈 잔을 들었다. 잔을 채워준 이모는 여자 앞에 놓인 숟가락을 들어 양은 냄비 속을 휘휘 저었다. 투명한 콩나물국 중앙에 잠자코 모여있던 빨간 고춧가루들이 냇가의 송사리처럼 유영하기 시작하고 어느새 콩나물국은 원래 그랬다는 듯 맛있게 매운 빛을 띠고 있을 것이다. 이모가 숟가락을 냄비

테두리에 두어 번 톡톡 털어내곤 다시 여자 앞에 숟가락을 가져다 놓았다. 그때까지 두 사람은 대화가 없었다.

"어여 먹어."

이모의 말에 여자가 처음으로 숟가락을 들었다. 콩나물국을 한술 떠서 입가로 가져가던 여자는 할 말이 하필 지금 떠올랐다는 듯 떠올린 국을 냄비에 도로 따라버리며 아참, 이라고 했다.

"아참, 수술 날짜는 잡혔어요?"

이모는 살집이 많은 얼굴을 힘겹게 좌우로 흔들었다.

"왜요?"

"장사해야지."

여자는 충분히 이해하는 것처럼 고개를 끄덕였고 국을 떠서 입에 넣었다.

"너는? 진짜 괜찮겠어?"

무슨 질문인지는 모르겠지만 여자는 그에 아무런 대답도 하지 않고 애먼 숟가락만 헛발을 디뎠다.

"그런데 오늘도 장사해요? 오늘 같은 날은 다른 손님 안 받는 게……."

이모는 빈 여자의 잔에 다시 소주를 채워주며 말했다.

"어떤 날이든 돈은 벌어야 해. 무엇보다 평소 같아야 하고."

여자는 고개를 주억거리다가 소주잔을 비웠다.

나는 여자를 여러 차례 만났다. 만남의 의미가 두 사람의 직접적인 대면이어야 한다면 만남이라기보다는 보았다고 해야 맞을 것이다. 몇 년 동안 나는 술을 입에도 대지 않았다. 처음으로 혼자 술을 마시고 싶다는 생각이 들었을 때, 그럴 만한 술집을 물색하고 있었을 때, 여기서 혼자 술을 마시고 있는 여자를 보았다. 해가 지지 않은 오후였고 여자 혼자 술을 마시기엔 너무나 화창한 날이라고 생각했다. 솔직히 말하면 술을 마시기 위함이었는지 여자를 가까이에서 보고 싶어서였는지 알 수 없는 마음으로 여기 이 자리에 처음 앉았었다.

여자는 지금처럼 포장마차 입구를 등진 채 주방 바로 옆자리에서 홀로 시간을 접고 있었다. 여자의 테이블에는 책 한 권이 놓여있었고 여자는 술을 먹다가 이따금 책을 들춰보곤 했다. 그런 여자의 뒷모습을 쳐다보며 술을 마시다 보니 애초에 술이 당겼던 이유는 점점 퇴색되었고 식상하기 이를 데 없는 남자들과 마찬가지로 여자가 궁금해졌다. 나는 그날 이후로 퇴근하는 경로를 포장마차 골목으로 바꾸어 걸었다. 이십 분 남짓 더 소요되는 거리였지만 골목길이 시작되면 덕장에 매달린 채 얼어버린 황태처럼 시간은 멈추고 발걸음은 가벼워졌다. 여자가 포장마차에 앉아있는 모습을 일주일에 두어 번은 볼 수 있었고 나는 일주일에 두어 번 술을 마시게 되었다.

딱 한 번 내가 먼저 포장마차에 도착했던 적이 있었다. 늘 해가 지기 전에 포장마차에 앉아있던 여자가 평소보다 늦게 들어온 날이었다. 그때 여자의 얼굴을 처음 보았다. 이십 대 후반 정도로 보이는 여자는 예쁘장한 이목구비를 애수와 고독으로 가린 채 포장마차에 들어섰다. 여자는 마치 자신의 전용석이라도 되는 듯 늘 앉던 자리로 가서 핸드백과 목도리와 책 한 권을 부려놓았다. 그날도 여자는 계란말이를 주문했다. 이따금 이모가 다가가면 턱을 추어올려 간드러지게 웃던 여자의 옆모습에서 눙쳐진 슬픔을 보았다.

"혼자 자주 오네요?"

나는 턱짓으로 여자를 가리키며 물었다. 여자에 관해 물은 건 처음이었고 내 딴에는 용기를 낸 것이었다. 이모는 아직 단골이라는 확신이 없는 내게 딱 잘라 말했다.

"쟤 신경 쓰지 마셔, 내 딸이니께."

거리 술장사 이십 년 베테랑이라던 이모는 내 테이블 위에 오이 접시와 눈치를 놓고 갔다. 머쓱해진 나는 아삭한 오이를 씹으며 단골이 되기 위한 눈치도 함께 씹었다.

이모는 지쳐 보이는 두 남자의 테이블에서 오래 머물렀다. 그동안 여자와 나는 혼자였다. 사실, 이모가 내 자리에 오면 좀 어색하고 불편한 게 사실이었다. 아직 개인적인 대화를 하기엔 익숙하지 않은 대상이었고 때론 나도 여자처럼 철저히 혼자이고 싶었다. 혼자이길 원하는 사람은 혼자 있게 해주는 것이 배려라는 것을 아는 사람처럼 이모는 나와 여자의 테이블엔 자주 들르지 않았다.

두 남자는 잿빛 작업복을 입고 있었다. 그들의 왼쪽 가슴팍에는 각자의 이름이, 오른쪽 가슴팍에는 회사명이 붙박여 있었다. 조용한 포장마차 안이 두 남자의 대화로 가득 메워졌다. 목소리가 크지는 않았지만 포장마차 안에서 들리는 음성은 그들의 대화가 전부였다. 인근 조선소의 하청 업체 노동자인 그들은 조선소의 불황을 걱정했고 하청 업체의 위태로움을 토로했으며 이렇다 할 대책 없이 늘어만 가는 수명에 덩달아 늘어날 노동자로서의 삶을 한탄했다. 한잔 술로서 달래질 말거리는 아닐뿐더러 두 사람의 열변이 아무런 힘이 없다는 것을 그들도 알았겠지만, 중산층에 끼지도 못하는 자들에겐 푸념과 소주만 한 위로도 없을 것이었다.

여자가 화장실에 가려는 듯 허공에 대롱 매달린 두루마리 휴지를 손등에 돌돌 말았다. 그걸 본 이모가 다리를 절며 여자에게 다가갔다. 화장실 열쇠를 건네며 조심해, 라고 말하는 이모는 몹시 우울해 보였다. 여자가 자리를 비운 사이 나는 소주를 가지러 냉장고 쪽으로 향했다. 일주일에 두어 번 드나들다 보니 단골들이 하는 행동들을 제법 익히게 된 것이다. 소주 한 병을 들고나오자 이모와 눈이 마주쳤다. 나는 소주병이 잘 보이도록 높이 들어 보였고 이모는 웃으며 고개를 끄덕였다. 이렇게 단골이 되어가는 것인가. 서로 신뢰하며 서로 배려하는.

소주병을 들고 자리로 돌아가려는데 여자의 테이블에 놓인 책이 눈에 들어왔다. 자리로 돌아와 여자가 읽던 책 제목을 검색했다. 시집이었다. 누군가의 유고집이라는 단어를 읽었고 책에 관한 설명을 읽으려는데 여자가 돌아왔다. 열쇠를 이모에게 건네며 여자가 말했다.

"눈이 와요."

여자의 말을 들은 이모가 대답했다.

"결국, 눈이 오는구나."

두 사람은 마치 암호를 주고받는 듯 이상한 대화를 했다.

네 명의 청년들이 담배 냄새를 풍기며 포장마차 안으로 들어왔다. 그새 눈이 많이 내리는 모양이었다. 겨울 밤거리의 한기가 요란하게 들이닥쳤고 포장마차 안의 분위기는 갑자기 소란스러워졌다. 자리에 앉은 청년들은 한껏 들뜬 목소리로 떠들었다.

검은 비니를 눌러 쓴 청년이 내 테이블에 있던 의자 하나를 집어 들며 가져가도 괜찮냐고 물었고 나는 말없이 고개만 끄덕였다. 검은 비니의 청년이 가져온 의자에 귀마개를 한 친구가 케이크 상자를 올려놓았다.

　유난히 그들을 반색하던 이모가 바빠졌다. 콩나물국이 담긴 커다란 냄비가 다시 끓기 시작했고 사각사각 오이 써는 소리가 겨울밤을 스산하게 베었다. 청년들은 주문한 오돌뼈와 어묵탕이 나오기도 전에 서둘러 소주잔을 채웠다. 아직 소주 맛도 모를 것 같은 청년들은 소주를 들이켠 후 캬아– 하는 통속적인 신음을 뱉곤 했다.

　검은 비니가 케이크를 꺼내 테이블 가운데에 올려놓고 초를 꽂았다. 하얀 패딩이 라이터를 꺼내 초에 불을 붙였다. 이내 애국가만큼 지겨운 생일 축하 노래가 남루한 포장마차 안에 울려퍼지기 시작했다. 작업복을 입은 두 남자는 청년들을 흐뭇한 얼굴로 바라보았고 나는 청년들의 노래가 조금 거슬렸다. 여자는 그들이 오기 전과 다를 바 없었다. 눈치 빠른 이모가 작은 플라스틱 접시 몇 개를 가져다주었고 검은 비니가 조각난 케이크를 접시에 옮겼다. 검은 비니는 케이크 접시를 두 남자와 내 테이블에 각각 가져다주며 함께 먹어요, 라고 말했다. 괜찮다고 말하는 여자의 테이블에도 기어이 올려놓던 비니가 여자의 얼굴을 자세히 들여다보았다.

"어? 연이네? 와있었구나……."

비니와 여자는 아는 사이 같았지만 여자는 딱히 인사를 나누고 싶지 않은 듯했고 그 마음을 이해할 만한 모양인지 검은 비니도 그냥 돌아섰다.

청년들의 테이블에는 소주병이 빠르게 늘어갔다. 천진하게 웃고 떠들며 이따금 농담도 하고 장난을 쳤다. 쉴 새 없이 서로에게 소주를 들이부었다. 그런 청년들을 보며 두 남자는 몹시 부러운 표정을 지었다. 청년들이 등장한 이후에 두 남자의 대화는 들리지 않았다. 나 역시 여자에게 집중했던 분위기 같은 게 흐트러졌다. 이렇게 산만한 와중에도 여자는 비슷한 속도로 소주잔을 채웠고 가냘픈 등허리는 여전히 꼿꼿했다. 더러 책장을 넘기는 모습도 변함없었다. 여자는 온전히 자신에게만 몰두하고 있는 것 같았다.

하나둘 술기운이 오르는지 청년들의 움직임이 서서히 느려지고 흥이 가라앉기 시작했다. 우르르 나가서 담배를 피우고 들어오는 단체 행동도 사라졌다. 누구는 통화를 하기도 했고 누구는 스스로 술잔을 채우기도 하며 조금씩 각자의 감정 속으로 빠져드는 듯했다. 청년들의 술자리는 곧 끝날 분위기였다.

꽤 조용해지나 싶었는데 검은 비니가 느닷없이 울음을 터트렸다. 역도 선수처럼 우람한 체격의 검은 비니가 울자 다른 청년들도 하나둘 눈물을 이어받기 시작했고 포장마차는 순식간에 청년들의 울음바다가 되었다. 두 남자는 어리둥절한 표정으로 한참 동안 그들을 쳐다보았고 나는 한숨을 쉬었다. 저 나이에 벌써 저러면 어쩌나. 나는 그들의 미래가 걱정되었다. 여자의 테이블 앞에 앉아있던 이모는 콧물까지 매단 채 통곡하는 네 명의 청년들을 말리지 않았다.

청년들은 서로를 껴안기도 했고 허리를 무릎까지 구부린 채 머리를 감싸 쥐기도 했다. 그들은 분명 함께 슬퍼 마땅한 사연이 있을 것이고 그것이 개인의 사연이 아닌 것만은 분명한 듯싶었다. 왜냐하면, 지극히 개인적인 슬픔을 저토록 자신의 것인 듯 울어주는 사람이 세상엔 많지 않기 때문이다. 어쩌면 저기 울고 있는 네 사람 모두에게 슬픔의 주체가 같을 것이다. 그들이 다 함께 우는 사이 남녀 커플이 포장마차로 들어오려다가 뒷걸음치며 나가 버렸다. 울음소리가 조금 잦아들었을 때 여자는 소주 한 병을 더 땄고 두 남자는 조선소의 희망에 대해 그런 건 없다는 결론을 짓고 있었다.

청년들은 충분히 울었는지 이내 내남없이 다독이는 듯한 모습을 보였다. 길게 뽑은 휴지를 서로에게 건네주기도 하고 서로의 빈 잔에 다시 소주를 채워주기도 했다. 그때쯤 이모가 다가가 그들의 슬픔처럼 식어가는 콩나물국을 뜨거운 것으로 갈아주었다. 소주 한 잔을 입 안에 털어 넣은 검은 비니가 자리에서 일어나더니 꼬부라진 혀로 공개 사과를 했다.

"시끄럽게 해서 죄송합니다. 오늘이 제 생일입니다. 그리고 박태양이 죽은 일주기입니다. 이해해주십시오. 죄송합니다."

검은 비니는 죄송하다는 말을 반복하면서 여러 번 허리를 숙였다. 이름 뒤에 어떤 존칭도 없는 것을 보면 박태양이라는 자는 그들의 벗이나 동생일 것이다. 일주기는 남겨진 사람들에게 가장 고통스러운 날이라는 것을 나도 경험했기에 그제야 저들의 슬픔을 이해하게 되었다. 죽음 직후의 슬픔이 슬픔의 시작이라면 일주기는 일 년간 쌓은 슬픔이 터지는 시기다. 일주기쯤 되어야 누군가가 고인이 되었다는 걸 실감하게 된다. 남겨진 사람들은 일 년 동안 간 사람과의 추억을 되뇌며 울고, 살아남은 죄책감에 시달리며 울고, 하지 못한 말이 가시처럼 목에 걸려 아파서 운다. 이를테면 고마워, 미안해, 사랑해 같은 간단하고 흔한 단어들이 주로 하지 못한 말이었고 하지 못해서 가슴 아픈 말이었다.

작업복을 입은 두 남자 중 머리가 잔설처럼 다문다문 센 자가 술병을 들고 일어섰다. 그는 둔탁한 안전화를 끌고 청년들의 테이블로 다가갔다. 청년들은 무슨 뜻인지 안다는 듯 두 손으로 공손하게 잔을 들었고 남자는 네 명의 잔에 돌아가며 술을 채워주었다.

"이, 삼, 사주기가 될수록 간 사람과의 좋은 기억만 떠오르게 될 걸세."

그는 특별히 검은 비니에게 술 한 잔을 더 따라주었다.

"축하받을 날과 애도할 날이 겹치면 그것만큼 서글픈 것도 없는데…… 내 생일도 내 어머니 기일과 한날이라네. 그래도 어쩌겠나. 오는 날도 가는 날도 선택할 수 없는 게 인생이니 말이야. 생일 축하하네."

검은 비니는 또다시 울 것처럼 얼굴을 잔뜩 찡그리더니 고개를 돌려 술을 삼켰다.

테이블마다 옮겨 다니며 접객하던 이모는 이번에는 내 차례인 듯 내 앞에 와 앉았다. 청년들의 엉뚱하고 다소 당황스러운 행동에 아무런 정보도 없을 새내기 단골인 내 눈치가 보였을까. 혼자 앉아있으니 더 마음이 쓰였을지도 모르겠다. 앞에 앉은 이모는 별것 없는 안주 접시들을 조금 정리하고는 대뜸 오이를 더 줄까 물었다. 나는 괜찮다고 했다. 지금 오이 리필할 분위기는 아니라고 말했더니 이모가 피식 웃었다.

"작년 오늘, 그러니까 일 년 전에도 저 친구들이 여기 왔었어. 생일 파티 잘 하고 나섰는데 바로 요 앞에서 싸움이 났거든. 거기서 한 녀석이 잘못됐어. 아까 말한 그 녀석. 무리 중에 제일 작고 제일 성격 좋았던 녀석이었지."

이모가 말끝에 지어 보인 흐릿한 미소 사이로 애도와 슬픔 같은 것들이 달려 나왔다.

"어쩌다가……."

나는 이모의 말에 무슨 말을 해야 할지, 이런 얘기를 들었을 때 그에 어울릴 만한 문장이 무엇인지 알 수 없었다. 성장하는 내내 위로나 공감을 받지 못했던 내가 어른이 되었다고 해서 쉽게 가질 수 있는 화법이 아니었다. 그것이 말의 기술이 아닌 감정이고 마음이라 하더라도 마찬가지였다. 어른이 되었다고 해서 모든 감정을 다 이해하거나 어떤 슬픔이든 공감할 수 있는 것은 아니었다. 어른은 완성된 존재가 아니라는 걸 나는 어른이 되고서야 깨달았고, 깨닫고 보니 자연스럽게 용서되는 존재들이 있었다.

"노는 패는 달랐지만 상대 녀석들도 동네 아이들이었어. 그날 일은…… 사고였어."

그렇게 말하면서도 그들을 두둔할 의도는 아닌 것처럼 이모는 씁쓸한 표정을 지었다. 대충 어떤 사건이 있었는지 알 만했다. 눈앞에서 소중한 친구를 잃은 청년들의 죄책감과 상실감도, 친구의 일주기에 체면 없이 울부짖던 그들의 슬픔도 조금은 알 것 같았다.

　사위가 조용해지자 두 남자가 내일 출근을 핑계 삼아 자리에서 일어났다. 이모는 포장마차 입구까지 그들을 배웅하고 돌아와 테이블을 정리했다. 청년 중 반은 이미 만취했고 반은 곧 만취하려는 분위기였다. 여자는 여전히 허리를 단정하게 세운 채 잔을 들거나 책을 들췄다. 검은 비니가 일어나 가져왔던 의자를 다시 내 테이블에 돌려놓으며 비틀거렸다. 검은 비니가 계산을 마치고 일행을 이끌고 나갔다. 그들을 따라 나간 이모는 한참이 지나도 돌아오지 않았다. 포장마차에는 여자와 나 둘만 남았다. 곧 자정이었다.

　그간 여자가 먼저 일어선 적은 없었으므로 나도 슬슬 일어서려던 참이었다. 그때 한 사내가 포장마차 안으로 들어섰다. 이미 제법 술을 마신 듯 보이는 젊은 청년은 침울한 표정으로 의자를 거칠게 끌어당겼다. 자리에 앉아 고개를 푹 숙이고 있는 그는 뭔가 아슬아슬했다. 그 느낌은 홀로 남겨질 여자의 위태로움으로 느껴졌다. 이모도 없는 마당에 여자 혼자 두고 나가자니 발길이 떨어지지 않았다. 나는 다시 의자에 앉아 술을 따랐다.

　잠시 후 포장마차 안으로 들어선 이모가 청년을 발견했다. 그는 여전히 고개를 숙이고 있었고 이모는 허수아비처럼 가만 서서 청년을 바라보았다. 이모의 표정은 놀라움에서 비장함 비슷하게 바뀌었다. 반가운 사람은 아닌 듯했다. 이윽고 청년이 고개를 들어 이모와 눈이 마주쳤을 때도 이모는 애써 표정을 바꾸려고 하지 않았다. 청년은 주문은 하지 않고 이모만 계속 쳐다보았다. 둘 사이에 왠지 모를 긴장감이 감돌았다.

이모는 청년의 테이블에 소주와 오이와 콩나물국을 내왔다. 다시 가스에 불을 붙이는 소리가 들렸고 프라이팬에 뭔가 굽는 소리가 들렸다. 청년은 소주병을 따지 않고 이모가 돌아올 때까지 가만히 앉아있었다. 주문하지도 않은 계란말이를 들고 온 이모는 청년 앞에 놓인 소주병을 따서 잔을 채워주었다. 그들은 말이 없었다. 청년은 묵묵히 소주를 마셨다.

여자를 힐끗거리던 이모가 여자의 자리로 갔다.

"왔어."

이모의 말에 여자가 고개를 돌렸다. 여자는 청년을 쳐다보았고 나는 여자를 쳐다보았다. 여자의 눈빛이 슬픔에서 분노로 바뀌고 있었다.

"진짜 괜찮겠어?"

여자는 고개를 저었다.

"그래, 넌 그냥 들어가. 오늘은 눈이 오지 않은 거로 해."

여자가 못 이긴 척 일어서다가 청년과 눈이 마주쳤다. 그는 술잔을 들었다가 멈칫했고 여자는 다시 의자에 앉으며 챙겼던 소지품을 내려놓았다. 청년과 여자는 어떤 대화를 하지도 각자의 술잔을 들지도 않았다. 한동안 인형처럼 꼼짝하지 않는 두 사람을 걱정스러운 눈으로 바라보기만 할 뿐 이모도 아무 말 없이 앉아만 있었다. 시간은 분명 가고 있을 텐데 세 사람은 어느 지점에서 시간을 붙잡고 있는 듯했다. 바깥보다 더 차가운 냉기가 그들 사이를 맴돌았다. 그르렁대며 곧 무너질 거대한 빙하 아래에서 가만히 기도만 올리는 사람들 같았다.

마침내 자리에서 일어난 여자가 주섬주섬 코트를 입었다. 목에 목도리를 칭칭 두르고 가방을 멘 여자가 청년 앞으로 다가갔다. 청년은 분명 여자가 다가온 것을 느꼈을 테지만 여자를 올려다보지 않았다. 대신 고개만 반듯하게 들어 보였다. 두 사람의 시선이 아슬아슬 엇나갔다. 여자는 선 채로 앉아있는 청년에게 욕을 했다.

"개자식."

놀란 내가 반사적으로 목과 상체를 곧게 펴자 여자의 테이블에 앉아있던 이모가 그냥 편하게 앉아있으라는 듯 허공에 손바닥을 눌렀다. 난데없이 욕을 들은 청년은 욕을 들어도 할 말 없는 죄인처럼 고개를 꺾었다. 여자가 청년에게 욕을 하고 그가 반항하지 않는 행위는 좀처럼 끝나지 않았다. 여자는 평범하지 않은 단어들을 몇 번 더 내뱉었는데 청년은 끝내 입을 열지 않았다.

"살인자."

여자가 그 단어를 침 뱉듯 던졌을 때, 드디어 그가 여자를 올려다보았다. 청년의 눈빛은 무섭게 변했고 어금니를 앙다문 모습이었다. 그러나 여자는 물러서지 않았다. 살인자. 살인자. 청년의 얼굴에 낌새가 좋지 않은 빛이 돌았고 여자는 그를 계속 자극했다. 두 사람을 지켜보던 이모가 여자에게로 다가가 끝나지 않을 것 같은 그들의 상황에 끼어들었다. 이모는 여자의 어깨를 부드럽게 매만지며 말했다.

"연이야, 이제 그만해."

여자가 울음을 터트렸다. 욕을 들은 건 청년인데 우는 건 여자였다. 억울한 건 청년일 텐데 위로받는 건 여자였다. 여자는 청년의 맞은편에 앉아 사내 앞에 놓인 술잔을 들이켰다. 청년은 계속 고개를 숙이고 있었고 여자는 그런 그를 뚫어져라 응시했다. 나는 눈앞에서 벌어지고 있는 돌발 상황을 해석해보려 했지만 아무것도 떠오르지 않았다. 청년은 포장마차에 들어온 후 얌전히 앉아만 있었다.

나는 그동안 보아왔던 여자의 이미지와 확연히 다른 지금의 행동에서 적잖이 충격을 받고 말았다. 여자는 마치 청년을 만나기 위해, 만나서 비수 같은 말들을 꽂기 위해 매일 포장마차에서 기다려온 사람처럼 주저함이 없었다. 청년 역시 언젠간 닥칠 일이었다는 듯 스펀지처럼 순순히 받아들이고 있었다. 이모는 이 모든 상황과 관련 없는 사람처럼 여자와 청년을 두고 주방으로 갔다. 바깥에서 부는 겨울바람이 포장마차를 위태롭게 흔들고 있었다.

여자는 늘 가지고 다니던 시집을 펼쳐서 느닷없이 시를 읽기 시작했다. 청년은 여자가 어떤 행동을 하든 잠자코 있었다. 한 편의 시가 끝날 때마다 청년은 술을 들이켰다. 여자는 그 무엇도 개의치 않고 반드시 시집을 다 읽고 말겠다는 의지를 보였다. 여자는 정성을 다해 천천히 시를 읽어나갔다. 더러는 목이 메는지 시의 구석에서 오래 머무르기도 했고 더러는 시어를 붙잡고 울기도 했다. 글자를 씹어 먹듯 꾹꾹 눌러서 읽는 여자의 목소리는 얼핏 비장하게도 들렸다. 묵묵히 시를 듣던 청년이 갑자기 오열하기 시작한 대목이 있었다. 용서, 라는 제목을 읽은 여자가 한참 망설이다가 시를 모두 읽은 후였다.

청년이 오열하기 시작하자 여자는 시집을 테이블 위에 조용히 올려놓고 일어섰다. 여자는 멀찍이 서있는 이모 쪽으로 돌아보며 말했다.

"어머니, 눈이 와요."

"그래, 눈이 오는구나."

암호 같은 대화가 또다시 이어졌다. 아무래도 딸은 아닌 느낌이었다. 여자는 늘 가지고 다니던 시집을 청년의 테이블 위에 남겨두고 포장마차 바깥으로 사라졌다. 여자가 나간 틈새로 하얀 눈송이가 밀려들어 왔다.

남겨진 청년은 눈물을 거두고 술잔을 비우기 시작했다. 한참 뒤에 여자가 놓고 간 시집을 집어 든 그는 책을 펼쳐볼 생각은 없는지 표지만 뚫어지게 쳐다보았다. 이모가 그런 청년의 앞자리에 앉았다. 술을 전혀 못 한다던 이모의 손에는 새 잔이 들려 있었다. 청년은 이모가 가져온 잔에 소주를 따랐고 이모는 젓가락으로 다 식어 빠진 계란말이를 먹기 좋게 끊어두었다.

"시인이었어요?"

"꿈이었지."

"책을 냈어요?"

"연이가…… 태양이 죽고 나서 태양이 노트를 모아다가 이렇게 만들어왔어."

"연이 때문은 아니었어요. 연이한테 마음 접은 지 오래됐어요."

"가야 할 때였고 가야만 하는 길이었겠지."

두 사람의 첫 대화는 그것으로 끝이었다. 건조한 듯 들렸으나 그건 시간과 계절이 맞닿은 착각일지도 모른다. 겨울과 밤의 조화란 늘 차갑고 건조한 법이니까. 젖어도 무방한 계절은 습한 여름이 아니라 밤이 긴 겨울이었다. 이모는 음복하듯 딱 한 잔의 소주를 마신 후 자신의 잔을 엎어놓고 청년의 잔에 술을 따라주었다. 이모가 왼손으로 시집을 쓸어내리자 청년이 물었다.

"이 시들이 다 무슨 뜻일까요?"

이모가 청년을 쳐다보았다. 청년의 젖은 얼굴에는 정말 몰라서 묻는다는 표정이 드러났다.

"글쎄. 모두를 용서하겠다는 마음인 것 같기도 하고."

대답을 들은 그는 한쪽 입꼬리만 끌어올리며 중얼거렸다.

"용서하긴 개뿔…… 주제에 시는 개뿔."

청년의 반응은 다소 거칠었지만 이모는 온화한 목소리로 말했다.

"아마 마지막 시는 너를 생각해서 썼던 것 같아. 그 일을 미리 겪기라도 한 것처럼. 어차피 인생이란 게 행복도 불행도 돌고 돌아. 완전히 새로운 건 없으니까. 녀석이 어느 시절, 어느 날 비슷한 일을 겪었을지도 모르고. 너도 알다시피 애가 작고 만만했잖아. 분명 누군가를 향해 쓴 것 같으니, 너라고 해두자."

"제가 왜 용서를 받아야 해요? 그건 정말 사고였어요. 둘 다

취했고 같이 치고받았다고요. 그렇게 될 거라곤 생각도 못 했어
요. 그러게 왜 갑자기 안 하던 짓을 하냐고요. 상대도 안 되는
걸 뻔히 알면서 왜 덤비냐고요."

청년의 말속에 억울함 몇 방울이 섞인 것 같았지만 죄책감 같
지는 않았다.

"알아. 그날은 사고였다는 걸. 그런데 말이야. 너는 태양이를
육 년이나 괴롭혔어. 그날 그 작은 녀석이 맞고만 있지 않았던
이유는 태양이만 알겠지. 어릴 때처럼 맞기만 했다면 살았을지
도 모르고."

"죄송해요."

"용서는 산 사람의 영역이 아니야. 그건 죽은 태양이만이 할
수 있는 일이지."

이모는 과연 달관한 사람처럼 말했다. 용서는 정말 인간의 영
역이 아닐까?

임종 직전의 어머니를 붙들고 용서를 빌던 내 모습이 오버랩
되었다. 제발 용서해주고 가세요. 앞으로 어떻게 살아요. 어머
니는 끝내 한마디도 남기지 않고 떠나셨지만 누나는 어머니가
나를 용서했을 거라고 말했다. 살아남은 사람들끼리 계속 살아
남기 위한 구실은 망자에게 관용의 인격을 부여하는 거였다. 모
두를 용서했을 거라는 믿음과 이제는 벗어나도 된다는 비틀린

참회, 깨끗한 망각.

　용서를 받았다는 건 어떻게 알 수 있는지 이모에게 묻고 싶었다. 삶이 지옥일 때마다 용서받지 못한 자들은 비명을 지르고 다시 지옥에서 허우적대길 반복하는데, 제발 어떻게 벗어날 수 있는지 알고 싶었다.

　"너는 태양이한테 용서를 빌었니?"

　"죽은 새끼한테 어떻게 용서를 빌어요."

　"그럴 수 있다면 그럴 마음은 있고?"

　"제가 왜요? 사고였다니까요? 아줌마도 사고였다고 인정하면서 왜 자꾸 이러는 거예요? 그 새끼가 덤볐다고요! 좆만 한 게!"

　청년이 처음으로 다소 격한 목소리를 내었다. 지금까지 지켜본 내막으로 봐서 그의 태도는 온당하지 않았다. 용서받기 위한 자세가 아니었다. 청년의 발언에 이모의 얼굴이 일그러졌다. 이모는 바람에 펄럭이는 포장마차 입구를 쳐다보면서 알 수 없는 말을 했다.

　"결국…… 눈이 많이 오겠구나."

　이후 이모는 입을 닫았다. 아무리 기다려도 그들의 대화는 이어지지 않았다. 청년이 술잔을 비우면 이모가 빈 잔을 채워주는 장면이 소리 없이 재생되었다. 청년은 이모가 따라주는 모든 잔을 말없이 받아 마셨다. 이모가 빈 잔을 채우는 속도는 빨라졌고 청년이 술을 털어 넣는 속도도 빨라졌다. 겨울바람은 포장마차 안으로 비집고 들어오려 애쓰느라 소란스러웠고 두 사람을 지켜보던 나는 자리에서 일어서기가 어려웠다. 이상하고 낯설고 진지한 분위기를 깨트리고 싶지 않았다. 고민 끝에 핸드폰을 안주머니에 넣고 지갑을 꺼냈더니 눈치 빠른 이모가 고개를 돌렸다. 나는 이때다 싶어 자리에서 일어났다. 플라스틱 의자가 눈치 없이 바닥을 끌며 제 무게만큼의 소리를 냈다. 이모가 따라서 일어나려고 하자 나는 그냥 앉아계시라고 말하며 테이블 위에 술값을 넉넉히 올려두었다. 단골이란 이런 것이라는 듯 자연스럽게.

밖으로 나오자마자 와락 덮치는 찬 바람에 눈이 시렸다. 바닥에는 눈이 제법 쌓여있었다. 이모 말대로 오늘 밤 눈이 많이 내릴 것 같았다. 포장마차 옆 가로등 아래서 간 줄 알았던 여자를 발견했다. 입에는 담배를 물고 있었고, 담배에 불을 붙이기 위해 라이터를 켰고, 라이터에는 쉽게 불이 붙지 않았다. 단정하게 묶었던 머리카락이 반쯤 풀려서 거미줄처럼 엉키고 나부껴도 여자는 괘념치 않았다. 무엇이 여자를 집으로 돌아가지 못하게 하는 것일까. 무엇이 여자를 포장마차 주변에서 맴돌게 하는 것일까. 벗어날 수 없는 기억이 무엇이길래 자신의 삶을 여기에 가둔 것일까. 나는 여자를 처음 보았을 때처럼 여자가 궁금했지만 궁금하다고 해서 다 알려고 들 수는 없는 노릇이었다. 여자는 내가 자신을 쳐다보고 있다는 사실조차 무시하고 있었다. 나는 주머니에 손을 넣었다. 손에 라이터가 붙들렸다. 여자에게 다가가 대신 불을 붙여주어도 괜찮을까 잠깐 고민했지만 여자는 담배를 피우기 위해 라이터를 켜고 있는 게 아닌 것 같기도 했다. 소득 없는 행동이라는 걸 알면서도 반복하는 것엔 다른 이유가 있을 수도 있었다.

코가 빨개진 여자는 하얀 입김을 내뿜으며 어딘가를 하염없이 바라보고 있었다. 소중한 것을 눈으로 쓰다듬을 수 있다면 저런 시선일까. 여자의 시선이 사무치게 따뜻한 나머지 눈 내리는 겨울밤이 데워지는 느낌이었다. 나는 여자가 바라보는 곳으로 시선을 옮겼다. 붉은 천막을 뒤집어쓴 포장마차 어디쯤. 천막에 보이는 거라곤 왼쪽 귀퉁이에 삐뚤빼뚤 쓰인 글자가 전부였다. 옆으로 나란히 선 다른 포장마차처럼 일종의 간판 같은 손 글씨. 겨울바람에 부산하게 나부끼지만 분명하게 보이는 네 글자. 태양이네. 글자 아래에는 국화 몇 송이가 놓여있었다.

갑자기 글자가 일그러지며 포장마차 안에서 청년이 급히 뛰어나왔다. 그는 연신 구토를 하다가 미끄러졌다. 너무 많이 마시는 것 같기는 했다. 청년은 일어서려고 발버둥 쳤지만 힘겨워 보였다. 포기하는 것인지 힘에 부친 것인지 그는 하얀 눈 위에 대자로 누워버렸다. 마침내 담뱃불을 붙인 여자가 담배를 한 모금 빨아들이고는 거칠게 날려버린 후 청년이 누워있는 쪽으로 다가갔다. 여자는 청년을 한참 내려다보았다. 그는 기침을 몇 번 하더니 기절한 듯 뻗었다.

여자는 바닥에 쌓인 눈을 맨손으로 퍼다가 청년의 몸 위로 던졌다. 청년은 꼼짝도 하지 않았고 여자는 계속 눈을 펐다. 청년의 몸 위로 하얀 눈이 조금씩 쌓였다. 포장마차에는 불이 꺼졌다. 이모는 나오지 않았다. 여자는 계속 눈을 펐다. 미친 사람처럼 하염없이 눈을 펐다. 그녀의 주위에 쌓인 눈의 양으로는 남자를 다 덮을 수 없을 것 같았다. 내 주위에 있는 눈을 가져다주고 싶었다. 그러다가 여자와 눈이 마주쳤다. 나는 홀린 듯 눈을 퍼서 여자에게로 다가갔다. 내가 다가가는 걸 본 여자는 다시 열심히 눈을 펐다. 나도 여자를 따라서 청년의 몸에 눈을 쌓기 시작했다. 여자의 손이 빨라졌다. 내 손도 빨라졌다. 어느새 청년의 몸은 절반 이상 눈에 파묻혔다. 여자가 일어나 손을 털고 난 후 나를 쳐다보았다. 평온한 미소를 머금고 있었다. 미소는 답례인가.

여자가 큰길 쪽으로 걸어갔다. 나는 여자가 걸어가는 걸 바라보다가 청년을 바라보다가 포장마차에서 가방을 들고 나서는 이

모를 보았다. 두 여자는 작별 인사도 없이 서로 다른 방향으로 걸어가고 있었다. 눈 속의 젊은 청년은 하얗게 질린 얼굴이었다. 나는 그의 얼굴을 가리기 위해 계속 눈을 푸려다가 말았다. 그럴 필요가 없었다. 함박눈이 내리기 시작한 것이다. 청년의 속눈썹에 커다란 눈송이들이 서둘러 내려앉았다. 나는 그의 얼굴이 눈 속에 완전히 파묻힐 때까지 기다렸다. 그리 오래 걸리지는 않았다.

마침내 청년의 모든 신체가 감쪽같이 사라졌다. 아니다. 눈더미 속에 청년이 있다. 청년의 생애는 만취해 엄동설한에 객사한 것으로 마감될 것이다. 적어도 몇 명은 진실을 알고 있다. 그의 죽음은 살아서 용서받지 못했기 때문이다. 용서받지 못한 이유는 애초에 용서를 구할 마음이 없었기 때문이다. 나는 여자가 걸어간 방향으로 발을 내디디며 마침내 깨달았다. 용서는 죽은 사람이 아니라 살아남은 사람들이 해야 한다는 사실을. 용서하지 못한 자와 용서받지 못한 자가 함께 살아가야 한다면, 어느 한쪽은 반드시 파멸하게 된다는 사실을 좁고 낮은 눈길을 걸으며 확신했다.

침대는 잘못이 없었다

조금 전 화영은 남자 친구로부터 이별 통보를 받았다. 전혀 예상하지 못했던 상황은 아니었지만 이렇게 빨리 올지는 몰랐고 납득할 만한 이유를 듣지 못한 것에 화영은 화가 났다. 태호는 이별 통보를 하러 나온 사람답지 않게 커피 잔만 뚫어지게 바라보거나 창밖으로 고개를 돌리다가 화영의 질문에 경청하려는 듯이 이따금 화영의 눈을 쳐다보았다. 화영은 계속 질문들을 쏟아냈고 태호는 대답에 신중을 기하려는 모습이었다.

화영이 겨우 들은 이별의 이유를 종합해보면, '불편함'이었다. 외출을 싫어하는 화영 때문에 집 안에서만 데이트하는 게 여태껏 불편했다고 말했다. 그건 데이트 비용을 아끼기 위해 둘

다 합의한 사안이었다. 화영이 외출을 싫어하기 때문이라는 전제는 잘못되었다. 누나와 함께 사는 자신의 처지 때문에 화영의 원룸에서만 데이트를 해야 하는 것도 불편했다고 했다. 말 그대로 그건 태호의 처지 때문이었다. 화영의 문제가 아니었다. 여러 가지가 불편했는데 불편하다는 것을 말하지 못해서 더 불편했다고 했다. 그건 태호의 성격 탓이다. 뭐든 말을 했으면 충분히 변화를 위해 노력할 수 있었다.

"그리고……."

화영의 입장에서는 어처구니없는 변명들이 이어졌고 그걸 듣는 화영의 이맛살에 짜증이 뭉개질 즈음, 이렇다 할 이유는 따로 있다는 듯이 태호는 접속어를 길게 늘어트렸다.

"그리고…… 침대가 불편했어."

맙소사. 화영은 지그시 눈을 감았다.

태호를 만나러 오는 길에 그의 목소리에서 무언가를 직감하고는 최근 무슨 일이 있었는지 곱씹었다. 삼 년이나 사귄 데다가 거의 매일 붙어있었고 두 사람 모두 대체로 배려심이 많은 성격이다 보니 크게 싸울 일이 없었다. 더러 무료했지만 그건 혼자여도 마찬가지였다. 사거리 앞에서 에이스침대 대리점을 본 순간 설마 하는 마음이 생긴 것이었다. 설마, 아니겠지. 설마.

"말을 하지 그랬어. 침대 정도는 좋은 거로 바꾸면 되잖아."

화영은 침대 따위 때문에 헤어지자고 말하는 남자 앞에서 그렇게 말해놓고선, 마치 자기가 질척거리는 듯한 느낌을 받았다. 화를 낼 걸 그랬나 싶기도 했다.

"침대가 한두 푼 하는 것도 아니고……."

"한두 푼이든 수십 푼이든 말을 하지 그랬냐고!"

화영은 드디어 화를 내었다. 돈 얘기가 나오면 화영은 열등감이 치솟았다. 태호는 화영을 배려하느라 여태껏 참아왔겠지만, 마지막까지 그 얘기는 안 하려고 했었다는 것도 눈치챘지만, 일단 말을 했으니 끝난 셈이었다. 연애 초기에는 보호해주고 싶었던 상대의 약점이 결국에는 이별의 구실이 되기도 했다. 배려하는 척 말끝을 씹고 고개를 푹 숙이는 태호가 찌질해 보였다. 자기는 침대도 없는 주제에, 라고 말하려다가 말았다. 투룸 빌라를 누나와 함께 쓰는 태호는 자신의 방이 작아서 싱글 침대조차 놓을 수 없다고 말했었다. 태호가 처음 화영의 침대에 누웠을 때, '역시 침대가 좋기는 좋아'라고 말하며 이불을 배배 감고 뒹굴었었다. 침대도 없는 주제에.

"나는 안 불편했는 줄 알아? 네가 누나랑 사니까 매일 우리 집에서만 만난 거잖아. 전기, 가스, 수도 요금까지 다 두 배로 냈다고! 누나 애인 때문에 너 며칠씩 우리 집에 와있을 때는 나도 불편해 죽는 줄 알았어. 이제 와서 침대가 문제야? 나 혼자 쓸 때는 아무 문제 없었던 침대가 네 무게 때문에 삐걱대기 시작했다는 건 모르는 거야? 그리고 너 진짜 치사한 게, 지금 나 편의점 알바도 잘리고 겁나 울증 상태라는 거 알아 몰라? 꼭 지금 이래야 하는 거야? 뭐, 이왕 재수 없는 거 한꺼번에 겪어라, 이거야?"

태호는 아무 말도 하지 않았다. 그저 이런 순간이 빨리 끝나기를 바라는 표정이었다. 저 성격에 얼마나 오랫동안 고민했을지 알만 하지만, 혼자서 오랫동안 고민했다고 해서 이별 당하는 상대가 배려받는 기분이 드는 건 아니다. 가랑비에 옷 젖듯이 천천히 이별을 준비한 쪽은, 그러니까 먼저 통보하는 쪽은 이런 순간 감정 조절이 어렵지 않다. 성격과는 상관없이. 느닷없는 소나기를 맞은 상대방은 모든 충격을 그 자리에서 흡수해야 한다. 태호는 마치 예매해놓은 영화 티켓을 취소하는 사람 같았다.

"좋아. 끝내."

화영은 자리에서 일어났다. 그리고 안 해도 될 말을 덧붙였다.

"말은 정확하게 해. 내 집이 원룸은 아니지. 분리형인데. 누나한테 얹혀사는 주제에. 침대도 없는 주제에!"

화영이 카페 밖으로 나갈 때까지 태호는 가만 앉아있었다. 밖으로 나온 화영은 마지막 말은 하지 말걸 그랬나 싶다가도 이별 통보를 너무 정중하게 받아들이는 것도 웃기는 일인 것 같았다.

다시 사거리에서 에이스침대 대리점을 마주쳤다. 화영은 횡단보도를 건너 대리점으로 들어갔다. 매장 직원이 구겨진 화영을 환대하며 어떤 침대를 원하는지 물었다. 화영은 슈퍼싱글, 이라고 말하려다가 퀸사이즈라고 대답했다. 직원은 화영에게 고운 이불과 함께 진열된 침대들을 보여주었다. 누워봐도 된다는 직원의 말에 화영은 침대 끄트머리만 조심스럽게 매만져 보았다. 집에 들어갈 크기가 아니었다. 퀸사이즈를 집에 넣으려면 화장대와 서랍장을 들어내야 하는데, 그러기엔 수납이 부족했다. 요구 사항을 슈퍼싱글로 변경한 화영에게 직원은 다시 친절하게 슈퍼싱글 침대 샘플들을 보여주었다. 카탈로그에는 더 많은 물건이 있다고 말하면서. 화영은 헤드와 상판이 청록색으로 빠진 특이한 침대에 관심이 갔다. 때를 놓치지 않고 직원이 말했다.

"보는 눈이 있으시네요. 이게 진짜 비싸게 나온 제품인데 지금 신상 할인을 하고 있습니다."

"할인하면 얼마예요?"

"매트리스에 따라 다르긴 한데요, 중간 걸로 하시면 대략 80만 원 선으로 가능하십니다. 최고급 매트리스로 하시면 150 정도 되고요."

화영은 헤드를 만지작거리던 손을 떼어냈다. 지금 쓰고 있는 슈퍼싱글 침대는 매트리스와 세트로 25만 원에 샀었다. 일주일가량 인터넷을 뒤져서 산 침대였고 화영은 만족하고 있었다. 태호가 그 작은 침대에 눕기 시작한 지 일 년도 채 안 되어 매트리스는 썩은 귤처럼 한쪽이 물렁물렁해졌고 한 사람이 움직일 때마다 삐걱 소리를 냈다. 차라리 똑같은 침대로 바꿔도 될 것 같았다. 이제는 태호가 누울 일이 없을 테니까.

금액을 알고 난 후 확연히 달라진 화영의 표정에 직원이 다급해졌다. 그는 카탈로그를 가져와 펼치더니 50만 원 후반대의 침대를 보여주었다. 거의 60만 원이었다. 화영은 카탈로그 쪽으로 갔던 눈길을 돌려 재빨리 매장 안을 둘러보았다. 다리는 입구 쪽을 향하고 있었다. 매장 입구에서 '아르바이트 구함'이라는 글자에 화영이 우뚝 섰다.

"아르바이트는 무슨 일을 해요?"

직원은 조금 당황한 표정으로 매니저를 불러주었다. 그럴 것까지는 없었지만, 이왕 이렇게 된 거 알바 조건이나 알아보고 갈까 싶었다. 매니저라는 여자가 다가와서 카탈로그가 쌓여있는 매장 안 테이블로 화영을 안내했다. 평일 알바는 구했고 주말 이틀 동안 일할 사람을 구하고 있다고 그녀가 말해주었다. 여자는 화영에게 일할 생각이 있느냐고 물어보았다. 면접을 보는 기분이 들었다. 주말 근무라 시급이 꽤 높은 편이었고 집과 가까운 것도 좋았다. 그렇지만 지금 막 실연당한 마음으로는 처음 해보는 일에 도전하고 싶은 의욕이 생기지 않았다. 침대 때문에 이별 통보를 받았고, 그 빌어먹을 싸구려 침대를 바꾸고 싶어서 들어온 매장에서 일자리를 얻어 가고 싶지 않았다. 그건 너무 거지 같다는 생각이 들었다.

"주말은 곤란할 것 같아요."

화영은 그렇게 핑계를 대었다.

"그럼, 평일 자리 나면 연락드릴 테니 연락처 하나 남기시겠어요?"

화영은 매니저의 말대로 전화번호를 남기고 매장에서 나왔다.

해가 지고 있었다. 걸을 때마다 지는 해가 건물 사이에서 나왔다가 사라졌다. 태호의 성격으로 봐서 전화하거나 메시지를 보내지는 않을 것이었다. 그건 이제부터 화영은 실연한 인간이 할 만한 행동을 해야 한다는 뜻이기도 했다.

화영은 일단 술을 마시기로 했다. 편의점 안에서 소주와 육포 하나를 샀다. 파라솔 아래 자리를 잡고 소주를 마셨다. 마시다 보니 국물이 생각나서 육개장 사발면을 하나 샀다. 컵라면이 바닥을 드러낼 즈음 소주가 떨어졌다. 육포가 남았으니 다시 소주를 샀다. 새로 깐 소주를 반쯤 마셨을 때 육포가 떨어졌다. 화영은 짜증이 났다. 자신의 인생에는 딱딱 맞아떨어지는 순간이 없다는 생각이 들었다. 다시 편의점 안으로 들어갔다. 소주 한 병과 새우깡을 샀다. 새우깡은 남은 소주들을 처리할 때까지 양을 조절하며 먹을 수 있었다.

술기운이 오르기 시작하자 화도 나고 눈물도 났다. 누가 봐도 실연당한 인간이었다. 살다 보면 주기적으로 오는 감정들이 있는 것 같았다. 아빠가 회사를 때려치우면 엄마는 열심히 식당에 나갔고, 언니가 기둥뿌리 뽑아서 결혼하자 엄마는 다시 열심히 식당에 나갔다. 아빠가 재취업에 성공하면 오빠가 사고를 쳐서 다시 기둥뿌리를 뽑았다. 내가 대학에 합격했을 때는 이미 거덜난 기둥뿌리 때문에 축하보다 한숨을 먼저 받았다. 그래도 기둥뿌리 뽑아간 양심들은 있는지, 언니와 오빠가 돈을 조금씩 마련해주어서 서울에 방 한 칸을 얻었다. 그다음부터는 화영의 몫이었다. 등록금이나 생활비는커녕 용돈 한 번 받은 적 없었지만, 그나마 막내라고 손 벌리지 않는 가족이 화영은 고마웠다. 학자금 대출을 받아 학교에 다녔고 쉬지 않고 알바를 해서 생활비를 벌었다. 화영의 주위에 부러울 만큼 형편이 좋은 친구는 없었다. 다들 그렇게 살았다. 다들 그렇게 살아서 별로 좌절하지 않았다.

태호와 사귀면서 딱히 힘들었던 적은 없었다. 오히려 평온했다. 태호의 무난한 성격 때문이기도 했을 테지만, 따지고 보면 가지고 싶은 건 다 가지고 있다는 생각도 들었기 때문이었다. 빚을 내서라도 대학교에 다니고 월세지만 독립된 집이 있고 알바지만 꾸준하게 돈을 벌었고 착한 남친까지 있으니 이십 대의 구색은 다 갖춘 격이라 생각했다.

세상에 한결같은 평온은 없겠지만 우여곡절이 지나면 예전과 비슷한 평온을 만날 수 있다는 것도 화영은 알고 있었다. 그래서 까짓 남자와 사귀다가 헤어지는 것 정도야 인생에 큰 타격이 아닐 거였다. 지금처럼 실연을 당하고 실연당한 사람답게 구질구질한 날들을 쌓다 보면 어느 구멍으론가 감정들이 다 빠져나가 평온이 왔다. 그러면 다시 연애를 하고 싶어졌다. 사랑은 얼마든지 시작되고 또 실연을 당하고 그것을 반복하다 보면 마음은 늘어난 고무줄처럼 느슨해져서 웬만한 상처들은 아무것도 아닌 게 된다. 인생은 쉽게 찢기지 않았다. 너무 두꺼워서 어쩌다 페이지 하나씩이 구겨질 뿐이었다. 화영은 상처 난 마음을 추스르기 위해 노력하고 싶지 않았다.

어느덧 집 앞에 도착한 화영은 신축 빌라들 사이에 홀로 붉은 외관을 가진 이십 년 된 건물을 바라보았다. 3층 건물인데, 반지하 때문에 2층 반으로 보이는 초라한 빌라. 여섯 가구가 사는 시끄러운 다가구 주택. 보조석 문이 찌그러진 경차 한 대와 이미 단종된 깡통 차 한 대만 주차되는 건물. 늘 비어있는 안쪽 주차 구역은 암암리에 흡연 구역으로 사용되고 있었다. 화영은 이 건물에 들어설 때마다 뒤돌아보는 습관 같은 게 있었다. 아무에게도 들키고 싶지 않은 장소로 들어가는 사람처럼.

　화영은 202호로 들어갔다. 무거운 몸을 침대에 뉘었다. 삐거덕. 소음이 났다. 모로 누웠더니 삐걱, 다시 소음이 났다. 순간 떠올랐다. 태호와 섹스할 때마다 어느 집의 창문이 쾅 닫혔던 기억이. 태호가 며칠씩 집에 머무르는 날이면 옆집 아저씨가 와서 조용히 좀 살자고 항의했던 기억이. 태호와 사랑을 나눈 후 함께 샤워할 때면 윗집 여자가 매번 화장실 옆 베란다에 서서 세상 말세, 라고 큰 소리로 내뱉던 기억이. 언젠가부터 태호는 불편해했다. 이따금 우리가 사랑을 나누고 있을 때 작은 기척만 들려도 태호는 얼음이 되었다. 우리의 열정은 태호의 몸과 함께 식어버렸다. 어쩌면 침대 탓이 아닐지도 모른다. 화영은 벌떡 일어섰다.

　반지하 1층으로 내려간 화영은 101호 문을 두드렸다. 왜소한 할머니가 느릿느릿 문을 열었다. 폐지와 공병을 건물 앞에 모아

두는 할머니였다. 공병을 찾느라 남들이 분리수거 해놓은 것들을 헤집어 놓기도 했다. 화영은 그것들 때문에 드나들기가 얼마나 불편한 줄 아느냐며, 그동안 계속 참아왔다고 말했다. 별안간 들이닥쳐 다짜고짜 자기 말만 하고 102호 문을 두드리는 화영을 쳐다보던 할머니는 마침 귀가 어두웠다. 뭐라고? 화영은 할머니를 무시하고 102호 문을 다시 두드렸다. 아무도 나오지 않았다. 강아지 짖는 소리가 들리다가 말았다. 화영은 다시 2층으로 올라갔다.

화영의 옆집인 201호 문을 두드렸다. 젊지도 늙지도 않은 여자가 한쪽 손에 젖병을 들고나왔다. 태어난 지 얼마 안 된 쌍둥이를 키우는 애 엄마였다. 화영은 당신 아기들 때문에 내가 얼마나 잠을 설친 줄 아느냐며, 그동안 계속 참아왔다고 말했다. 아기 엄마는 참지 않고 대거리를 했다. 아기가 울면서 크는 거 아니냐고, 지금까지 잘 지내다가 뜬금없이 왜 이러냐고. 뜬금없다는 걸 화영도 모르지 않았지만, 말했다. 참을 만큼 참았다고 앞으로 조심하라고. 화영의 공격에 여자가 기함을 토하려는 자세를 취했으나 화영에게 선수를 빼앗겼다.

"나도 당신 애들처럼 그렇게 큰 소리로 울고 싶다고! 당신이 애들과 놀아줄 때마다 발성하는 그 유치한 화법으로 나도 집에서 사랑하고 싶다고!"

화영은 3층으로 올라갔다. 계단 아래에서 저 미친년, 이라는 언어가 쿵쾅거리는 발걸음 소리에 묻혔다. 302호 문을 두드렸다. 배불뚝이 젊은 남자가 나왔다. 화영은 왜 그렇게 창문을 세게 닫느냐고 말했다. 구옥에다 새시도 구식인데 그렇게 닫으면 다른 집이 시끄럽지 않겠느냐고. 불만이 있으면 창문에 화풀이 하지 말고 직접 와서 말을 하라고. 자다가 깼는지 부스스한 얼굴의 남자가 놀란 표정을 지으며 사과했다. 죄송합니다. 화영의 화는 가라앉지 않았다.

301호 문을 두드리려고 하는데 소란 때문인지 여자가 스스로 문을 열었다. 이 아줌마가 제일 문제였다. 주말만 되면 동네 아줌마들을 죄다 모아서 온종일 찬송가를 부르는 여자였다. 평일에도 종교 방송을 틀어놓고 할렐루야를 외치는 여자였다. 화영은 말했다. 샤워하는 게 뭐가 잘못이에요? 뭐가 세상 말세냐고요. 남녀가 잠을 안 자는 게 세상 말세지. 부러우면 말을 하든가. 왜 남의 인생에 구시렁거려요. 놀란 아줌마가 가슴팍을 움켜쥐며 말했다. 아이고, 주님!

화풀이는 아니었지만 화풀이로 보일 수 있는 이웃 방문을 마치고 돌아왔더니 술이 다 깬 것 같았다. 숙취 해소를 위해 상쾌환이나 깨수깡을 먹는 것보다 숙취가 생기기 전에 스트레스를

푸는 게 좋은 방법이었다. 거짓말처럼 속이 후련했다. 다시 편
의점으로 가서 먹은 만큼의 술을 또 먹어도 취하지 않을 것 같
은 밤.

　자정이 지났다. 마음이 좀 가벼워진 화영은 쿠팡에 들어갔다.
지금 쓰고 있는 것과 같은 침대를 다시 주문했다. 12개월 무이
자 할부 행사나 무료 배송 따위는 아무런 메리트가 되지 않았
다. 화영은 하루빨리 침대를 바꾸고 싶었다. 주문서에는 이틀
뒤에 배송 관련 해피콜이 간다는 문구가 있었고 해피콜이 가기
전까지 주문 취소가 가능하다는 글이 보였다. 주문을 끝낸 화영
은 침대를 쳐다보았다. 저걸 버리기 위해서는 폐기물 스티커를
발부받아야 했다. 혹시 가져가서 쓸 사람이 있을지도 모르니까
일단 내일 빌라 앞에 내놓기로 마음먹었다. 태호와 함께 누웠던
침대에 마지막으로 몸을 뉘었다. 한 번도 작다는 생각을 해본
적이 없었는데 침대가 유난히 작게 느껴졌다. 슈퍼싱글은 왜 슈
퍼싱글이 되었을까 생각하다가 잠이 들었다.

　아침 일찍 화영은 침대 커버를 벗겨 세탁기에 집어넣었다. 스
프링이 조악하긴 할 테지만 겉보기엔 새것같이 깨끗한 매트리스
가 나왔다. 화영은 생각에 잠겼다. 이걸 어떻게 1층까지 혼자
조용히 옮길 것인가. 그러나 '조용히'라는 단어만 빼면 못 할 것

도 없었다.

화영은 매트리스를 길게 세웠다. 벽을 지지하며 현관까지 끌고 갔다. 그리고 계단 아래로 내동댕이쳤다. 다음 계단에서도 내동댕이쳤다. 마침내 건물 입구에 내동댕이쳤다. 침대 프레임은 육각 렌치 볼트로 조립한 거라 쉽게 해체할 수 있었다. 화영은 온 힘을 다해 볼트를 풀어 프레임을 해체했다.

필요하신 분 가져가세요. 없으면 내일 폐기물 처리합니다.

저녁이 다 되어가는데 침대는 그대로 있었다. 아무래도 폐기물 스티커 비용을 들여야 할 것 같았다.

허기진 화영은 배달 앱을 켰다. 지난달에 태호 누나가 태호와 함께 먹으라고 보내준 쿠폰의 유효기간이 오늘까지였다. 화영은 프라이드치킨과 생맥주를 주문한 후 텔레비전을 틀었다. 태호와 집에서 데이트하면서 텔레비전이나 넷플릭스를 보는 게 전부였기 때문인지 모든 프로그램이 익숙했다. 태호는 축구나 예능을 좋아했고 화영은 드라마를 선호했지만 그런 문제로 싸운 적은 없었다. 싸웠어야 했다는 생각이 들었다. 사소한 일로 싸우고 화해하는 걸 반복했어야 했다. 왜 그걸 못했을까. 리모컨으로 채널을 돌리고 있는데 현관문 두드리는 소리가 났다. 배달이 이토록 신속할 수 있나 의아해하면서 현관문을 열었다. 화영 또래로 보이는 여자가 서있었다. 누구세요?

"102호 세입자인데요……."

102호? 어제 화영이 집집이 들이닥쳐 무례함을 난사했을 때 유일하게 부재중이었던 집이다. 젊은 여자가 사는 줄은 몰랐다. 너무 화가 난 나머지 102호 현관문도 거칠게 두드렸지만 사실 102호와는 소음으로 인한 마찰이 없었다. 그런데 이 여자가 갑자기 왜 찾아온 것일까.

"무슨 일이세요?"

여자는 머뭇거리다가 말했다.

"아까 침대 내놓으셨죠?"

화영은 계단에서 침대를 내동댕이쳤던 기억이 떠올랐다.

"시끄러웠나요?"

"그게 아니라, 그 침대 제가 가져가도 될까요?"

따지기 위해 온 게 아닌 건 다행이었다. 가져갈 테면 아무나 가져가라는 글을 붙여놓았는데도 굳이 찾아와 묻는 여자가 이해되지 않았지만, 화영은 어제 일도 있고 해서 가져가라고 친절하게 말했다. 좋은 건 아니라는 말도 덧붙였다. 가져가라는 대답을 듣고도 여자는 또다시 머뭇거리는 듯했다. 화영은 소극성을 가진 여자가 할 말을 기다려주었다.

"저기, 제가 혼자 살아서 그런데요. 옮기는 것 좀 도와주시면 안 될까요?"

"지금요?"

"제가 낮에는 좀 그래서요. 괜찮으시면…"

화영은 난처하고 불편했다. 공짜로 주는 것도 모자라 운반까지 도와달라니. 여자의 부탁을 거절해도 괜찮을 것 같았지만 거절하기에는 별로 힘든 일이 아니었다. 여자의 태도가 상당히 공손해서 도와주고 싶은 마음이 들기도 했다. 반면, 태호와 함께 쓰던 침대를 여자의 집으로 옮기는 게 유쾌한 일은 아니었다. 고민하는 화영에게 여자가 말했다.

"어제 문 두드리셨을 때 집에 있었어요."

그 말을 듣고 화영은 말문이 막혔다. 눈을 크게 뜨고 여자를 쳐다보았다. 지금 상황에서 그런 발언이 협박 종류인지 부탁의 용도인지 알 수 없어서였다. 어느 쪽이든 이 느리고 조곤조곤한 젊은 여자는 보기와는 달리 보통내기가 아닌 게 분명했다.

"어제는 죄송했어요. 늦은 시간에."

여자가 방긋 웃었다. 화영은 여자의 부탁을 거절할 수 없음을 직감했다. 반지하인 102호는 건물 입구에서 반 계단만 내려가면 되기 때문에 그다지 힘들 것 같지도 않았다. 이웃끼리 그 정도 도움은 줄 수 있어야지. 폐기물 처리 비용은 안 들겠네. 화영은 여자의 부탁을 들어주어야 할 이유를 떠올리다가 여자를 잠시 세워놓고 욕실에 벗어두었던 목장갑을 들고 나왔다.

기다란 쪽 침대 프레임을 함께 들고 102호로 들어섰다. 크고 작은 개들이 현관 쪽으로 줄줄이 나왔다.

"불을 좀 켜야겠는데요?"

화영이 말했다.

반지하라도 가로등 불빛 덕분에 앞을 분간하기 힘들 정도는 아니었지만, 정신없는 개들 사이로 침대를 옮기려면 좀 더 밝은 게 안전할 것 같아서였다. 들고 있던 프레임 한쪽 끝을 바닥에 놓으며 여자가 말했다.

"이쪽은 불이 안 들어와요. 방에 불을 켤게요."

방이 환해지자 화영이 손을 털며 집 안을 둘러보았다. 믿을 수 없을 만큼 가구가 없었다. 미니 냉장고와 행거, 접이식 테이블이 전부였다. 흔한 텔레비전도 없었다. 이불을 접어 쌓아놓은 걸 보니 침대 없이 바닥에서 잠을 잤던 모양이었다. 미니멀 라이프라고 하기엔 개가 너무 많지 않나, 생명은 별개인가, 생각하던 화영에게 여자가 말했다.

"개가 많아서 집을 최대한 넓게 쓰고 있어요."

"그렇다면 왜 침대를 들이는 거예요?"

"침대가 거기 있어서……."

"네?"

"한 번도 쓸 만한 게 나온 적이 없었거든요. 손잡이가 없거나 내려앉은 옷장, 고장 난 텔레비전 같은 가전들이 주로 나왔어요. 이렇게 멀쩡한 물건은 처음 봐요."

"멀쩡한 물건은 아닌데…… 많이 삐걱거려요."

"알고 있어요."

"네?"

"이 침대는 아마 제 머리 위에 있었을 거예요. 저기."

여자가 방 안 천장의 모서리 쪽을 가리켰다. 여자가 가리킨 위치에 침대가 있었다. 거기 아니면 침대를 놓을 수 없는 구조였다. 그러니까 2호 라인에 사는 사람들은 같은 방향에서 잠을 잘 수밖에 없는 것이다. 화영은 천장을 바라보다가, 무언가를 상상하다가, 이내 여자의 느긋한 언행이 무서워지기 시작했다.

화영은 남은 프레임을 모두 옮기고 매트리스까지 운반한 뒤 서둘러 장갑을 뺐다. 조립하고 마무리하는 건 여자가 할 일이었다. 여자의 집에서 빨리 벗어나고 싶었다. 화영이 집으로 돌아가려고 하는데 여자가 냉장고에서 유산균 요구르트를 꺼냈다. 빨대를 꽂아 화영에게 내밀었다. 화영은 여자가 눈치채지 않도록 유통기한을 확인했다. 빨대를 입술 사이로 집어넣으며 싱크대 쪽을 바라보고 있는 화영에게 여자가 말했다.

"부엌 쪽에 불이 들어오지 않는 건 누전 때문인 것 같아요."

"그렇다면 집주인에게 연락해서 수리를 받아야 하지 않아요?"

"보시다시피 개가 많아요. 원래 계약서에는 개를 못 키우게
되어있었거든요. 어쩌다 보니 식구가 늘었는데 들키면 나가라고
할까 봐서요. 얘들을 전부 데리고 갈 데가 없어요. 다 불쌍한 애
들이에요."

"그렇다고 누전을 그냥 두시면 위험하잖아요."

"누전보다 더 무서운 게 쫓겨나는 거예요."

그때 건물 앞에서 오토바이 소리가 들렸다. 갑자기 개 한 마리
가 짖기 시작했고 여자가 순식간에 달려가 짖는 개의 주둥이를
틀어막았다. 그렇게 살아온 모양이었다. 들키지 않기 위해, 쫓
겨나지 않기 위해, 아무 소음도 내지 않고.

위층에서 문 두드리는 소리가 났다. 치맥 배달시킨 게 떠오른
화영은 급하게 인사하고 2층으로 올라갔다. 배달 기사는 치킨이
든 봉지를 집 앞에 놓고 내려갔다. 화영은 치킨을 들고 집 안으
로 들어갔다. 피곤한 하루였다.

화영은 침대 커버가 들어있는 세탁기에 세제를 넣어 작동시킨
후 치킨 상자를 펼쳤다. 태호와 함께 먹었어야 하는 치킨이었
다. 텔레비전에서는 손흥민 하이라이트 장면이 반복해서 나왔
다. 태호가 축구를 볼 때마다 화영은 재미없고 불편했다. 그걸

눈치챈 태호는 텔레비전 리모컨을 화영의 손에 쥐여주곤 했었다. 드라마를 볼 때는 화영이 태호의 눈치를 살폈다. 싸우지는 않았다. 싸웠어야 했다. 유치하게 싸우고 화해하는 것들을 자주 했어야 했다.

102호 여자가 다시 찾아왔다. 침대를 조립해야 하는데 렌치가 없다는 거였다. 화영의 입 안에는 치킨이 들어있었다. 화영은 저녁 안 먹었으면 같이 먹겠느냐고 물었고 여자는 별다른 대답 없이 불쑥 현관 안으로 들어왔다.

태호가 쓰던 컵을 꺼내어 여자 앞에 놓고 생맥주를 따라주었다. 여자는 집 안을 탐색하던 시선을 돌려 잔을 들었다. 어색하고 불편한 공기가 감돌았다. 화영은 여자의 앞접시에 닭 다리 하나를 덜어주었다. 여자는 왼손으로 닭 다리를 들고 오른손으로 튀김옷을 벗겨냈다. 다이어트나 건강을 위해 더러 그런 사람들이 있으므로 화영은 그러려니 했다. 그러나 여자는 생맥주를 마신 후 벗겨낸 튀김옷만 먹었다.

"닭을 싫어하세요?"

화영이 물었다. 괜히 대접하면서 미안한 기분이 들었다.

"좋아해요."

여자는 그렇게 대답한 뒤 닭 다리 살을 잘게 찢었다. 다른 부위도 마찬가지였다. 튀김옷을 벗겨내어 그것만 먹고 살코기는 잘게 찢어놓기만 했다. 그제야 알았다. 집에서 숨죽이고 기다릴 다섯 마리 개의 몫이라는 사실을. 화영은 싱크대에서 종이컵 하나를 가져다가 여자 앞에 놓았다. 여자는 고맙다고 말했다. 잘게 찢은 고기가 종이컵 가득 쌓였다.

"여기에 침대가 있었군요."

생맥주를 들이키던 여자가 휑한 공간을 보며 말했다.

"네."

"이제 침대 없이 생활하실 건가요?"

"새 침대를 주문했어요."

"그 침대도 멀쩡하던데."

"겉보기에만 그래요."

"그게 어디예요. 겉이라도 멀쩡한 게."

침대가 거기 없었다면 계속 바닥 생활을 했을 거라고 여자는 말했다. 반지하는 바닥에서 한기가 많이 올라온다고도 했다. 침대가 좀 삐걱거려도 아래층이 없으니 괜찮다는 말을 듣고 화영이 물었다.

"혹시 우리 집에서 들리는 소음이 있었나요?"

"있었죠."

"어떤?"

"삐걱거리는 소리, 텔레비전 소리, 변기 물 내리는 소리, 세탁기 돌아가는 소리, 거의 전부 들렸어요."

화영은 조금 놀랐지만 그런 생활 소음은 누가 살아도 날 수밖에 없었다. 생활 방식의 문제가 아니라 노후화된 건물의 문제였다. 삐걱거리는 소리는 이제 예방할 수 있을 것이었다.

"그런데 왜 한 번도 찾아오지 않았어요?"

"말했잖아요. 저는 조용히 살아야 한다고. 평온한 일상을 위해서는 침묵이 가장 도움이 돼요."

"갑자기 죄송해지네요. 그 정도인 줄은 몰랐어요."

여자가 쓸쓸한 표정을 지으며 말했다.

"가장 듣기 힘들었던 건 따로 있어요."

"뭔데요?"

화영은 긴장한 눈으로 여자를 쳐다보았다. 물티슈로 손가락을 닦으며 여자가 말했다.

"웃음소리였어요. 남녀가 함께 웃는 소리. 그 소리가 너무 자주 들려서 괴로웠어요."

남녀에서 남자는 태호를 말하는 것일 테고, 집에서 자주 웃고 떠들었는지는 기억나지 않았다. 집 안에서 대체로 심심한 데이트를 즐겼던 것 같았는데 이웃에 거슬릴 정도로 자주 웃었다니. 뭐가 그렇게 웃겼을까. 웃겨서 웃었을까 행복해서 웃었을까. 화영은 좀체 웃었던 기억이 떠오르지 않았다.

세탁기에서 세탁이 끝난 기계 소리가 울렸다. 세탁기 안에 들어있는 침대 커버가 떠올랐다.

"혹시 침대 커버도 필요하지 않으세요? 쓰던 건데, 방금 깨끗해졌어요. 쓰던 거라 좀 그렇죠?"

"침대도 쓰던 거잖아요. 침대는 빨 수도 없는데요. 주시면 잘 쓸게요."

여자는 조금 남은 생맥주를 마저 들이켜며 텔레비전으로 고개를 돌렸다. 손흥민이 골을 넣어 사람들의 환호성이 길게 이어졌다. 텔레비전 소리도 들렸다는 여자의 말이 떠올랐다. 화영은 리모컨을 찾아 텔레비전을 껐다. 여자가 화영에게 축구를 좋아하느냐고 물었다. 화영은 전 남친이 좋아했다고 대답했다. 여자는 아……, 하며 고개를 끄덕였다. 침대를 바꾸는 이유를 들킨 것 같았다. 이왕 들킨 거 하소연이나 하자 싶어서 화영은 태호 얘기를 꺼냈다. 집마다 돌아다니며 행패를 부렸던 일을 반성하는 듯한 뉘앙스로 마무리하며 여자의 눈치를 살폈다. 여자는 마지막 남은 살코기를 잘게 뜯으며 이따금 고개를 끄덕이다가 화영을 쳐다보곤 했다. 어떤 표정이라고 딱히 말하지 못할 만큼 변화 없는 얼굴로 화영의 이야기를 경청하는 여자를 보며 저 여자는 어떤 인생을 살았기에 저렇게 차가울까 생각했다. 이야기

를 다 들은 후에도 여자가 반응이 없자 약간 민망해진 화영이
말했다.

"이제 웃음소리 때문에 괴롭지 않을 거예요. 말했다시피 헤어
졌으니까요."

여자는 또 고개를 끄덕였다. 식은 살코기가 가득 담긴 종이컵
을 들고 여자가 말했다.

"그런 건 장담하지 마세요. 앞날은 장담하는 게 아니에요. 특
히, 인간관계는."

여자의 단호한 목소리에 화영은 기가 죽었다. 통성명을 하지
도, 서로 나이나 직업을 묻지도 않았지만 비슷한 또래로 보이는
여자가 내뱉는 말에는 밀도가 꽉 차있었다. 침대를 옮기기 위해
여자의 집으로 들어갔을 때 화영은 여긴 사람 살 곳이 아니라고
생각했었다. 반지하에 산다고 해서 여자의 상황이나 형편이 자
신보다 나쁘다고 단정할 수 없었지만, 어쨌거나 반지하로 가야
할 형편은 아니었고 남이 버린 침대를 쓰지 않아도 된다는 사실
이 위로가 되었던 건 사실이었다. 그러나 여자와 대화를 하다
보니 자신이 자꾸 작아지는 느낌이 들었다. 삶이 아무리 궁지에
몰리고 가장 낮은 곳에 정지해 있다고 한들 자존감까지 바닥 치
지는 않는 사람, 그렇게 멋진 사람으로 살고 싶었다. 지금 눈앞
에 있는 여자가 화영이 바라온 사람과 비슷해 보였다.

화영은 자신의 고백을 듣고도 별 반응 없는 여자를 보며 괜히 애기했나 후회되기도 했고 본인 애기는 일절 하지 않는 여자한 테 약간의 섭섭함을 느끼기도 했다. 같은 건물에 살고 나이도 비슷해 보이고 서로의 집에도 방문한 사이에다가 지금은 마주 보고 앉아서 치맥을 나누고 있는데, 여자는 마음을 공유할 생각 이 전혀 없어 보였다. 이런 경우 대개는 먼저 마음을 열어버린 상대가 약점을 잡힌 것 같은 느낌이 들기도 했다.

곰곰 생각해보니까 태호와의 관계에서도 그랬던 것 같았다. 태호는 가족들이나 친구들 애기를 화영에게 하지 않는 편이었 다. 빵집 알바도 잘리고 나서야 화영에게 사정을 애기했는데 들 어보니 점주의 횡포가 여간 아니었다. 그간 태호의 얼굴이 상했 다는 느낌을 받았던 것이 다 점주에게서 받은 스트레스 때문이 었다. 그것도 모르고 별일 없다는 말만 고스란히 믿은 채 자신 은 힘들다고 징징거렸던 날들이 주마등처럼 지나가면서 화영은 본의 아니게 자책을 해야 했다. 태호는 원래 그런 성격이었다. 반면에 화영은 그날 있었던 일들을 태호에게 모두 애기하는 편 이었다. 태호는 화영의 거의 모든 인간관계를 알고 있었다. 그 러고 보니 화영은 태호를 잘 모른다는 생각이 문득 들었다.

인생이 원래 각개전투하여 각자도생한다지만 태호를 생각하니 화영은 좀 억울해지기 시작했다. 서로의 경제적인 고민이나 물리적인 문제를 당장 회복시켜줄 능력이 안 되는 건 둘 다 마찬가지였다. 논두렁에 네 다리가 얽매인 소처럼 손발 아끼지 않고 살아도 겨우 학교를 졸업하고 운 좋으면 겨우 취직할 수 있는 21세기 대한민국의 이십 대니까. 그렇지만 누구보다 공감해줄 수 있고 편이 되어줄 수 있고 응원해줄 수 있는 연인이기도 했다. 태호는 매번 입을 열지 않았고 화영은 이따금 태호를 오해했다. 화영은 생각했다. 오해로 인해 관계가 소원해지면 오해한 사람과 오해를 하게끔 확실한 정보를 주지 않은 사람 중에 누구에게 더 문제가 있을까, 하고.

이런저런 복잡한 감정에 휩싸여 입을 다문 화영을 향해 여자는 마치 화영의 머릿속을 꿰뚫어 보는 사람처럼 짧은 얘기를 들려주었다.

"제가 처음 키웠던 강아지 이름이 봉봉이거든요. 봉봉이가 무지개다리 건너고 나서 다시는 개를 키우지 않겠다고 다짐했었어요. 아시다시피 지금은 다섯 마리나 함께 살아요. 전부 떠돌이였어요. 저처럼 가족이 없었죠. 봉봉이가 살아있을 때는 제게도 가족이 있었어요. 봉봉이요. 가족이 있었기 때문에 다시는 개를 키우지 않겠다는 다짐을 할 수 있었던 거예요. 그렇게 계속 변해요. 사람 상황이, 마음이."

화영이 내놓을 말을 찾지 못하자 여자가 종이컵을 들고 일어섰다.

"잘 먹일게요. 잘 먹었고요."

여자가 돌아간 후 음식물을 정리하다가 방 안을 둘러보았다. 방이 제법 넓어 보였다. 스파링을 해도 거뜬할 것 같았다.

다음 날, 침대 커버를 종이 가방에 넣어 아래층으로 내려갔다. 102호 문을 두드렸다. 잠깐 개가 짖는가 싶더니 조용해졌다. 여자가 또 입을 막은 모양이었다.

"저 202호예요."

여자는 대답도 없고 나와 보지도 않았다. 개도 짖지 않았다. 화영은 베개 커버가 든 종이 가방을 현관 손잡이에 걸어놓았다. 정말 이상한 여자라는 생각이 들었다. 자신의 처지를 다 알고 있고 간밤에 술도 함께 마셨는데 없는 척하는 건 왜일까. 습관일까. 화영은 어제 자신이 실수한 게 있나 되짚어보았다.

기다려도 나와보지 않아 화영은 돌아섰다. 반지하 계단을 올라갔다. 계단을 두어 개 올랐을 때 문자가 왔다. 에이스침대 대리점이었다. 주말 알바가 급한데 생각 있으면 금요일까지 방문해달라는 내용이었다. 시급이 그때 들은 것보다 2천 원 더 오른 조건이었다. 화영은 문자 내용을 거듭 읽으며 계단을 오르다가 건물 안으로 들어오는 302호 남자와 마주쳤다. 남자는 좀 당황하는 듯했고 머쓱한 화영은 목례를 한 후 2층으로 올라갔다. 비밀번호를 누르고 집으로 들어가려는데, 뒤따라 올라오던 남자가 말을 걸었다. 저기요. 화영이 돌아보았다.

"창문이 오래돼서 잘 안 닫혀요. 힘을 줘야 닫히는데, 그러면 그렇게 쾅 소리가 나요. 그건 어쩔 수 없을 것 같아서요. 대신에 계속 미안할게요."

화영이 무슨 말인가 하려고 했지만 남자는 본인의 말만 하고는 계단을 올라갔다. 그날의 자신 같았다. 남자의 뒷모습을 한참 쳐다보던 화영은 생각했다. 반복되는 오해. 어쩌면 모든 게 오해일 수도 있겠다는 생각. 태호한테 전화해야겠다는 생각. 안 받으면 맞짱 뜨러 가야겠다는 생각.

태호는 피하지 않고 전화를 받았다.

"여보세요?"

"야, 김태호. 우리 싸우자."

"갑자기?"

"싸우고 싶어. 한판 붙자. 그리고 헤어지자."

"싸우기 싫은데."

"아니, 싸워야 해. 지금까지 안 싸운 거 한 방에 싸우고 헤어지자. 집으로 와."

화영은 전화를 끊고 태호가 올 때까지 기다렸다. 다시 전화가 안 오는 걸 보면 오고 있는 모양이었다. 기다리면서 침대가 없는 자리를 정리하고 깨끗하게 닦아 이불을 깔았다. 개수대에 쌓인 그릇도 씻어놓고 라면 국물이 묻은 가스레인지도 닦았다. 화장실 변기에 태호가 좋아하는 파란색 세정제도 집어넣었다. 고작 헤어진 지 며칠 지났다고 화영은 마치 남자를 처음 집으로 초대하는 것처럼 약간 들뜬 상태였는데, 화해나 재결합을 기대하는 건 아니었다.

현관문을 두드리는 소리가 났다. 화영이 문을 열었다. 태호가 서있었다. 화영은 무표정으로 태호를 맞았다. 이제부터 어떻게 시작해야 할지 아무런 계획이 없었다. 싸움을 어떻게 걸어야 할까. 술이라도 마실 걸 그랬나. 태호 말대로 갑자기 싸우는 것도 웃긴 것 같고, 무엇보다 마음이 좀 진정된 상태였고. 태호는 시비 붙일 문제들을 찾고 있는 화영에게 두루마리 화장지를 내밀었다. 그것은 태호가 화영의 집에 처음 초대받았을 때 들고 왔던, 그의 누나가 홈쇼핑에서 정기적으로 구매한다는 무려 네 겹짜리 헬로키티 화장지였다. 화영은 그 화장지를 쓰고 난 후 다른 화장지는 쓸 수 없게 되었는데 가격이 비싼 나머지 지속해서 쓸 수 없어 아쉬워했다. 화영은 얼굴에 화색이 돌고 웃음이 터지려는 걸 간신히 참으며 이게 지금 무슨 의미냐고 쏘아붙였다.

"그때는 우리가 사귀기로 하고 초대받아서 온 거였고, 지금은 헤어지고 호출받아서 온 입장이고, 그때는 무슨 사이였는데 지금은 남이고, 빈손으로 오긴 그렇고."

화영은 구렁이가 직립 보행하려는 듯한 태호의 화법이 정말 지긋지긋했다.

"야, 지금 우리 사이 그렇게 에둘러 말하지 않아도 알아. 넌 늘 그런 식이야. 속 시원하게 표현할 수는 없어? 죽어도 나쁜 새끼는 되기 싫지?"

일단 시비 정도는 붙인 것 같다는 생각이 들자 화영은 긴장되기 시작했다. 태호와 싸워본 적이 없었고 누군가와 싸우는 걸 화영도 좋아하지 않았다. 되도록 양보하고 조금 피해 보는 건 참고 살아왔다. 그래서 계속 이 모양으로 사는 것 같다는 생각에 종종 억울했다. 어차피 이별의 충격은 그날 받았고 더 나빠질 것도 없었다. 다소 과격한 말을 들은 태호는 바닥에 화장지를 내려놓고 화영에게 말했다. 앉아서 얘기하자고.

방 안으로 들어선 태호는 침대가 없어진 것을 보았다.

"집이 넓어졌네."

"너 때문에 버렸어."

태호는 바닥에 앉아 화영의 손을 잡아당겼다. 못 이기는 척 태호 앞에 앉은 화영은 태호가 낯설었다. 혹시 엄청 무서운 일을 겪고 있는 건 아닌지 불안하기도 했다.

"침대는 잘못이 없어. 네 말대로 누나한테 얹혀사는 문제 때문에 복잡했어."

"……."

"누나가 결혼해. 그래서 지금 사는 집 전세를 빼서 신혼집에 보태겠다는 거야. 거기가 수원인 데다 신혼집인데 내가 얹혀살기도 그렇잖아. 이 집 구할 때 나와 함께 사는 조건으로 부모님 도움을 받았단 말이야."

"누나 너무한거 아니야? 넌 어디서 학교 다니라고."

"그것 때문에 좀 싸웠어. 아직 학기도 많이 남았는데 갑자기 갈 데가 없어진 거야. 나 군대 가 있는 동안 누나 혼자 자유롭게 썼으니 이번에는 나한테 양보하면 안 되는 거냐고 누나한테 처음으로 화를 냈어. 누나한테도 너한테도 얹혀있는 기분이 너무 싫었는데 그게 결국 터지더라. 어제까지 냉전 상태였어."

"네가? 싸워? 오래 살고 볼 일이다."

"중요한 건."

화영은 또 무슨 얘기가 나올까 싶어서 침을 꼴깍 삼켰다.

"내가 이겼어. 나 졸업할 때까지는 거기서 살래."

"잘됐다."

"이화영, 잘 들어. 한 번만 말한다."

"뭔데……."

화영은 손에 땀이 차는 걸 느꼈다. 긴장해서 심장이 굳어버릴 것 같은 화영에게 태호가 웃으며 말했다.

"거기서 같이 살자. 이 집 보증금 빼고 월세 안 나가면 너도 숨통이 좀 트일 테고."

화영은 이게 다 무슨 소리인가 싶었다. 먼저 헤어지자고 말해 놓고는 그런 계획을 세웠다는 게 정상인가. 화영이 먼저 전화하지 않았다면 이런 말은 듣지 못했을 것이다. 화영은 싸울 생각으로, 미련 없이 말끔하게 헤어질 생각으로 전화한 거였고 태호는 같이 살자는 말을 하기 위해서 다시 온 거였다. 화영은 묘한 기분이 들었다. 이렇게 맞아떨어지는 순간도 한 번쯤 있어야지, 하다가 화영은 급하게 휴대폰을 찾았다.

"나 주문 취소해야 해. 해피콜 오기 전에."

"뭘 시켰는데?"

"침대."

"빠르기도 하다."

태호는 이불 위로 벌러덩 드러누웠다가 한쪽 손으로 머리를 괴고 화영을 쳐다보며 말했다.

"우리 좋은 침대 사자. 퀸 사이즈로."

주문 취소를 하느라 정신없었던 화영이 태호의 말을 듣고 뭔가 떠올랐다는 듯 눈을 커다랗게 떴다. 에이스침대 대리점에서 온 문자가 떠오른 것이다. 화영은 쿠팡 앱을 닫고 문자 창을 열었다. 내일 방문하겠다고, 그 간단한 답장을 보내면서 화영은 손가락이 떨렸다. 자신의 인생에 이렇게 딱딱 맞아떨어지는 순간은 없었으니까. 뒤에 뭐가 올지는 모르겠지만, 어떤 슬픔과 불행이 기다리고 있는지 모르겠지만, 일단 지금은 황홀해서 화영은 소리 내어 웃었다. 태호가 왜 웃냐고 물었고 화영은 그냥 웃었다. 태호가 따라 웃으며 자꾸 왜 웃냐고 좋아서 미친 거냐고 말하면서 웃었고 화영은 그 말이 웃겨서 배를 잡고 이불 위를 뒹굴며 웃었다. 청소하느라 활짝 열어놓은 창문 바깥에서 매일 반복되는 세상 소음들이 웃음소리와 함께 바닥을 뒹굴었다.

비대칭 인간

선글라스 때문이라고 생각했다.

　습관이라고 하기엔 인식한 기간이 길지 않고 만성이라고 하기에도 교정할 수 있는 것인지 알 수 없지만 무의식에 광대뼈 부근을 추켜올리는 움직임은 몸에 배고 있었다. 올리고자 하는 부위가 콧등인지 볼인지는 명확하게 모르겠다. 그 어디쯤을 인위적으로 끌어올려야 선글라스가 콧대에 맞춤하게 내려앉았고 그것은 포화 상태인 나의 예민함을 더욱 예민하게 만들어 결국 선글라스에 집착하는 신세가 되고 말았다. 습관이라는 것은 어떤 상태를 유지하려는 탄력에 관한 강박 같은 것. 선글라스를 써서 그런 것인지 선글라스를 쓰기 위해 그런 것인지 이제는 그 원인을 찾는 일에까지 집요해졌다. 어쨌든 선글라스와 관련이 있을 것만 같았다. 선글라스를 쓰고 있지 않을 때는 설사 같은 행동을 했더라도 그걸 의식할 만한 실재적 대상이 없으므로 내가 얼굴을 씰룩대는지 알아차릴 수가 없었다.

오늘따라 평소보다 꾀죄죄한 몰골의 수오는 크지도 않은 눈동자를 굴리며 내 얼굴을 빤히 들여다보았다. 그런 수오가 부담스러워진 나는 상체를 최대한 뒤로 빼며 두 손으로 양쪽 볼을 감쌌다. 수오는 빨대로 아이스 아메리카노를 쪽 빨아들이면서도 내 얼굴에서 시선을 떼지 않았다. 도대체 왜 저러는 것일까. 수오의 시선이 내 얼굴 어디쯤 꽂혀있는지 알 수 없어 불안하고 불편했다. 그만 쳐다봐. 그제야 무안한 듯 창밖으로 시선을 돌린 수오는 창에 비친 내 얼굴을 바라보고 있었고 그 시선은 카페 창에서 굴절되어 내게 닿았다. 수오가 나를 뚫어져라 쳐다보는 것이 어제오늘 일도 아닌데 오늘따라 치부를 들킨 것만 같았다. 선글라스를 계속 쓰고 있을 걸 그랬다.

북 카페를 나오니 밤을 잃은 별들처럼 햇발이 쏟아지고 있었다. 정오 무렵의 그것은 날렵하게 정수리를 찔렀다. 나는 당연한 순서인 듯 선글라스를 썼고 쓰자마자 왼쪽 얼굴을 몇 번 찡긋했다. 선글라스가 새로 생긴 습관을 자꾸 의식하게 했지만 그럼에도 선글라스를 쓸 수밖에 없는 이유는 선글라스를 쓰고 있어야 그것 때문이라는 핑계라도 댈 수 있기 때문이었다. 선글라스를 벗으면 내가 얼굴을 찡긋한다는 걸 의식하기 힘들었고 의식의 부재는 방종까지 이르기에 십상인지라, 어쩌면 사람들이 틱 장애로 오해할 수 있을 것 같았다. 선글라스 때문에 더욱 예민해진다는 걸 알면서도 선글라스를 써야 그나마 안정이 되는 이 사소한 아이러니.

햇볕 아래에서 시야가 안정되고 나니 사거리 건너편에 H 백화점이 눈에 들어왔다. 지난달, 미용실을 나오다가 백화점 입구가 인산인해인 것을 보고 정기 세일 기간임을 알게 되었다. 엄마 몰래 아빠에게 받아온 신용카드가 있었다. 몇 건의 면접을 앞두고 있던 딸에게 아빠가 베푸신 큰 은혜를 손에 쥔 채 백화점으로 향했었다. 정장과 구두를 둘러보다가 결국 선글라스를 사야겠다고 생각한 이유는 그것이 아빠의 은혜와 나의 사치를 엄마에게 들키지 않을 만한 품목이기 때문이었다. 무엇보다 내 얼굴의 비밀을 알아챈 시점이기도 했다. 나는 백화점 1층 구찌 매장에서 이 선글라스를 구매했다. 난생처음 산 명품이었다. 저길 가야겠어. 수오가 백화점을 쳐다보며 물었다. 왜? 선글라스에 문제가 있는 것 같아. 수오는 말없이 고개를 끄덕였다.
구찌 매장 직원은 나를 기억하고 있었다. 당연했다. 이 선글라스를 선택하고 아빠 카드를 건네기까지 족히 한 시간은 망설이며 그를 귀찮게 했었기 때문이다. 선글라스를 사야 할지 말아야 할지부터 명품 선글라스를 샀을 때 그 소비가 나에게 무엇을 가져다줄지, 이 선글라스가 과연 훌륭한 선택일지에 대해 매장 직원과 오랜 대화를 했었다. 매사에 신중한 성격이라고 말하고 싶지만 나는 그저 햄릿증후군이 심한 경우였다.

직원에게 손에 든 선글라스를 건네며 불편함을 호소했다. 불편함이라기보다는 불량이 아닌지 의문을 내비치며 계속 구시렁댔다. 내 말을 들은 직원은 선글라스가 어떤 상태인지 확인하기도 전에 죄송하다는 말부터 했다. 불편을 드려서 죄송합니다. 그런 다음 직원은 선글라스를 이리저리 살펴보았고 이내 사나운 짐승에게 재갈 물리듯 내 얼굴에 그것을 가져다 씌웠다. 나는 어떤 심각한 치료를 받으러 온 환자처럼 입을 다물고 고분고분 굴었다. 직원은 내 귓등에 걸친 선글라스 다리를 만지작거렸고 몇 번 톡톡 튕겨보며 코 받침이 내 콧대에 내려앉는 찰나를 유심히 관찰했다. 잠시 후 모든 검사가 끝났다는 듯, 어떤 선고를 내리려는 듯, 편치 않은 표정으로 그가 말했다. 고객님, 선글라스는 정상인데요…… 고객님 얼굴에 맞게 다시 세팅해드릴 수는 있습니다. '정상'이라는 단어를 듣는 순간, 공포탄에 직격으로 맞은 기분이었다. 그 말인즉슨 내 얼굴을 비정상으로 단정하는 것처럼 들렸고 거기까지는 생각하지 말자고 애써 외면해왔던 지점에 이르게 하였다. 그의 말이 사실이라면 애초에 잘 어울린다는 말은 하지 말았어야지. 처음부터 제대로 세팅해주었어야지. 그럼 제 얼굴이 비정상인가요? 직원은 몹시 난처하다는 듯 웃으며 그런 건 아니라고 말했다. 그런 게 아니면 도대체 무슨 의미인가. 정상인 선글라스가 정상인 얼굴에서 자꾸 어긋나고 삐뚤어지는 건 그럼 무엇의 잘못인가. 나는 더 묻지 않았다. 아직 원인을 모르는 상황이니 그의 입장도 이해해야 했다. 수오는 내내한마디도 하지 않았고 몇 가닥 남은 싸리비처럼 쓸모없이 옆에 서있기만 했다.

백화점에 온 김에 지하 푸드 코트에서 점심을 먹고 가자는 수오의 제안이 썩 내키지 않았다. 점심시간이 훌쩍 지났는데도 밥생각이 전혀 없었다. 우리가 물론 점심을 함께 먹기 위해 만났지만 약속했다고 꼭 점심을 먹어야 하는 계획적인 사이는 아니었다. 눈치 없는 수오는 진심으로 배가 고픈 모양이었다. 매운음식 어때? 나는 그의 말을 무시한 채 에스컬레이터에 올라서서 물었다. 내 얼굴이 비정상이야? 수오가 잠시 내 얼굴을 살펴보았다. 앞뒤 없는 질문에도 대체로 대답을 잘해주던 수오였다. 누구보다 내 성격을 잘 아는 사람이었다. 수오는 핸드폰으로 시간을 들여다본 후 심드렁하게 대답했다.

완벽한 사람은 없어.

내 질문은 그게 아니잖아.

얼굴이 완벽한 사람은 없다는 걸 말하는 거야. 봐봐. 난 오른쪽 눈썹만 사선이야. 멀리서 보면 비행하던 새가 방향을 트는 것 같잖아.

수오는 자신의 이마에 흘러내린 머리카락을 손바닥으로 쓸어 올리며 양쪽 눈썹을 씰룩쌜룩했다. 정말 오른쪽 눈썹만 사선으로 쭉 뻗었고 왼쪽 눈썹은 한 번도 비상하지 못한 채 파닥거리는 새의 날개처럼 보였다. 심지어 참숯으로 그려놓은 것같이 도드라진 눈썹인데도 여태껏 나는 그 사실을 몰랐다. 오늘 보니, 매일 만나는 남자 친구의 얼굴에서 시계 반대 방향으로 회전하려는 원심력이 느껴졌다. 수오의 눈썹은 왜 저 모양이 되었을까. 길 잃은 갈매기가 이름 없는 부둣가에서 맴도는 것 같아 왠지 애잔하기까지 했다. 수오의 삐딱한 눈썹을 보니 갑자기 허기가 밀려왔다.

우리는 H 백화점 지하 1층 푸드 코트에서 낙지볶음밥을 주문했다. 수오가 수저를 세팅하고 컵에 물을 따르는 동안 나는 계속 핸드폰에 저장된 사진을 들여다보며 내 얼굴에서 비정상인 부분을 찾고 있었다. 낙지볶음밥을 양손에 든, 아직 어려 보이는 여자 종업원의 눈이 최근에 쌍꺼풀 수술을 한 듯 어색하게 부어있었다. 나는 여자의 눈을 빤히 쳐다보았고 내 시선을 의식한 여자 종업원은 낙지볶음밥을 다소 거칠게 테이블 위에 내려놓으며 미간에 힘을 주었다.

성형외과에 가볼까?

나쁘지 않은 생각이야.

넌 내가 예쁘다고 생각해?

……응.

넌 내가 못생겼다고 생각할 때도 있지?

……그런 적은 없어.

이런 질문에는 일 초도 망설이지 말고 순식간에 대답해야 한다고 그렇게 말했거늘, 끝내 한 템포 늦게 대답한 수오는 반숙 달걀을 터트리고 있었다.

지금까지 내가 보아온 수오는 과묵한 편이었지만 사실상 별다른 생각이 없는 사람 같았다. 깊이 생각하지 못하는 병에 걸렸는지도 모른다. 자기 검열이 심하고 매사 예민한 나와는 반대로 수오는 대단히 긍정적이었다. 긍정적인 사람이 내뿜는 여유 같은 것이 그렇지 못한 타인에게는 성의 없는 태도로 보이기도 하는데, 수오가 딱 그런 스타일이다. 긍정은 긍정, 부정도 역설적으로 긍정, 애매한 것도 어떻게든 긍정으로 만들어야 직성이 풀리는 긍정 애호가. 사철 빛이 들지 않는 구석 모퉁이에는 아무리 긍정을 처발라도 곰팡이가 핀다는 것을, 긍정이 늘 옳은 것만은 아니라는 것을 수오는 아직 모를지도 모른다. 긍정이 진실을 감추기 위한 가면이 되거나 불안한 현실을 회피하려는 도구로 타락할 때, 그것이 때론 위험한 현실을 가져오기도 한다는 것 또한.

수오는 낙지볶음밥을 입 안에 넣고 쩝쩝 소리를 내고 있었다.

식사를 마친 우리는 백화점을 나와 바로 옆 건물 S 성형외과에 들어갔다.

상담하러 왔는데요.

어디를 보시려고요?

그게…… 쌍꺼풀?

내가 만난 사람은 의사가 아니었다. 상담실장이었다. 의사와 비슷하게 흰 가운을 입고 있었으나 가슴팍에 매달린 작은 명찰은 그녀를 이름 앞에 상담실장이라 소개했다. 그녀는 기다란 철 삿줄로 내 눈두덩을 패 일시적인 쌍꺼풀 라인을 만들었다. 커다란 손거울을 내 얼굴 앞에 들이대며 마음에 드는지 물어보았다. 내가 자세히 살펴보기도 전에 그녀는 기가 막히게 예뻐질 거라고 확언했다. 나는 어색하게 커진 눈을 한참 들여다보았다. 갓난 송아지처럼 크고 동그란 눈매가 그녀의 확신에 신뢰를 주었지만, 나는 무엇보다 눈이 커지면 얼굴이 정상적으로 보일까에 대해 고민하고 있었다. 내가 거울을 들여다보는 사이 그녀는 속사포처럼 수술 과정과 비용에 관해 설명하기 시작했고, 나는 그녀의 길고 지루한 설명을 귓전으로 모두 듣고 나서야 물었다. 담당 의사와 상담하고 싶은데요?

삼십 분을 기다려 의사를 만났다. 상당히 귀찮아하는 느낌을 받은 것은 상담실장이 설명한 게 전부일 거라고 말한 그의 첫마디 때문이었다. 눈두덩에 살이 많아 매몰은 힘들고 절개를 해야 한다는 것도, 안검하수 때문에 눈이 작아 보이니까 트임을 하는 게 좋겠다는 것도, 그의 첫마디처럼 상담실장이 한 말과 같았다. 붕어빵처럼 똑같은 두 사람의 의견은 마치 지금까지 쌍꺼풀 수술을 하지 않은 내 얼굴을 비정상으로 정의하는 것처럼 들렸다. 제 얼굴이 비정상인가요? 나는 바퀴가 다섯 개 달린 가죽 의자를 책상 앞으로 끌고 갔던 의사에게 물었고 쌍꺼풀과 전혀 상관없는 질문에 의사는 고개를 갸우뚱하며 내 턱에 시선을 꽂았다. 그가 다시 내 앞으로 미끄러져 왔다. 양손으로 내 턱을 잡고 꾹꾹 눌러보다가 옆으로 두어 번 틀어보았다.

네, 안면 비대칭이네요. 그렇게 심각하진 않지만 그렇다고 보톡스로 해결될 부분은 아니고요.

쌍꺼풀은 무의미한가요?

안면 비대칭은 쌍꺼풀로 해결할 수 없죠. 눈이 커지면 시선이 분산되면서 덜 그렇게 보일 수는 있겠지만요.

그렇군요…… 그런데 그건 원인이 뭐죠?

의사는 드디어 이맛살을 조금 찌푸렸다. 노골적으로 귀찮다는 듯, 이 여자는 이것저것 상담만 하러 온 뜨내기라는 걸 안다는 듯, 그래서 더는 친절하지 않아도 된다는 듯 그의 표정이 굳어졌다. 음, 그건, 부정교합이 있다면 타고났을 수도 있고요. 그게 아니라면 어떤 외상이나 생활 습관이 원인일 수도 있고요. 원인이야 뭐, 알 수가 없죠. 의사는 말이 끝나자마자 뒤에 서있던 간호사에게 턱짓을 했고 이어 두 손을 모으고 대기 중이던 간호사가 다가와 말했다. 안면 비대칭 수술과 관련해서 실장님과 상담하실게요. 나는 수오에게 그냥 가자고 말했고 수오는 아무래도 상관없다는 듯 따라나섰다. 병원 입구 쪽으로 향하다가 상담실에서 나를 기다리고 있었을 상담실장과 눈이 마주쳤다. 매뉴얼대로 줄줄이 내뱉던 그녀의 왼쪽 입술이 왼쪽에 난 덧니 때문에 조금 치솟았던 기억이 났다. 비뚤어진 입술로 기가 막히게 예뻐질 거라고 확신했던 그녀의 말은 진심이었을까.

근데 왜 쌍꺼풀 하러 왔댔어?

얼굴이 정상이 아니라서 왔다고 할 수는 없잖아.

……

근데, 안면 비대칭이라니. 장애 같고 그렇네.

장애 맞을걸?

들고 보니 그럴지도 모른다는 생각이 들었고 그 단어에 수긍이 되는 순간 나도 모르게 몹시 우울해지기 시작했다. 신체 혹은 정신이 제 기능을 다하지 못하는 상태가 장애라면 안면 비대칭이 신체적 장애라고 정의하기엔 다소 무리가 있을지도 모르겠지만, 그로 인해 발발한 습관과 그것을 의식하며 괴로워하는 건 정신적 장애가 분명하지 싶었다.

나는 건물을 빠져나와서 엄마한테 전화를 걸었고 다짜고짜 물었다. 내가 태어날 때 정상이었냐고. 혹시 얼굴이 이상하지 않았냐고. 솔직히 말해달라고. 파김치를 담그던 중이었다고 말한 엄마는 그딴 거 물어보러 전화했냐며 짜증을 내었다. 이어 엄마는 말했다. 자신은 나를 아주 건강하고 예쁘게 낳아줬는데 만약 뭔가 잘못되었다면 그건 다 내 탓이라고. 누구 탓일까 곰곰 생각하며 걷는데, 그 와중에도 나는 왼쪽 얼굴을 자꾸 들어 올렸다. 왼쪽 눈은 덩달아 찡긋, 윙크하는 꼴이 되었다. 행위 자체는 큰 문제가 없는 것 같으면서도 그때마다 그 행동을 의식하는 내가 신경 쓰였다. 나는 걸리적거리는 선글라스를 벗어 머리에 씌웠다. 자외선이 얼굴에 난입하자 눈, 코, 입이 아수라장이 됐다. 햇살에 현기증이 훅 일었는데, 그때 마침 지나가던 남자와 어깨를 부딪치고 말았다.

구찌 선글라스가 달궈진 아스팔트 위로 떨어졌다. 수오가 별일 아닌 듯 선글라스를 주워 들었다. 깨지지는 않았다며 선글라스를 건네는 수오를 쳐다보았다. 어깨를 부딪치고 지나간 사람을 쳐다보지는 않았는데 선글라스를 주워주는 수오는 한참 쳐다보았다. 깨지지는 않았다니. 전 남자 친구였으면 달려가서 따졌거나 싸움이라도 났을 법한 상황이었다. 나는 계속 수오를 쳐다보며 헤어진 남자 친구를 생각했다. 그러다 문득 떠올랐다. 전남자 친구와 헤어지던 날, 그가 내 얼굴에 주먹을 날렸던 기억이. 물론 내가 먼저 치긴 했지만 그게 중요한 건 아니었다. 어쩌면 그때부터 비대칭이 되었을지도 모른다. 그렇다면 원인은 전남자 친구일까.

화 풀고 집으로 오라는 문자를 받았다. 마지막 학기 기말고사가 끝난 주말 오후였다. 나는 며칠 전 남자 친구의 행동에 여전히 화가 풀리지 않은 상태였지만, 그가 문자를 먼저 보냈고 그의 문자가 어느 정도 사과와 화해의 뉘앙스를 풍겼으므로 그가 좋아하는 맥주와 양념치킨을 사 들고 그의 원룸으로 향했다.

그는 팬티 한 장만 걸치고 침대에 벌러덩 드러누워 텔레비전을 보고 있었다. 내가 책상 위에 치킨을 올려놓고 침대맡에 엉덩이를 걸칠 때까지 그는 말이 없었다. 일상적인 행동이었지만 그날은 일상적이면 안 되는 날이었다. 그렇게 흐지부지 넘어가는 건 아니다 싶었다. 적어도 그가 빌미를 제공했고 내가 화가 날 법한 상황이었다면 더욱 그랬다. 왼손으로 머리통을 괴고 누운 그의 오른손은 엉덩이 반쪽 사이에서 벌레처럼 꿈틀거렸다. 강호동과 이수근이 옥신각신하는 장면을 보며 키득대던 그가 얄미웠다. 그를 쳐다보며 어떤 말을 해야 할지 고민하고 있었는데 난데없이 그가 발뒤꿈치로 내 등을 툭툭 치며 장난을 걸었다. 나는 하지 말라고 단호한 어조로 말하며 그의 발을 뿌리쳤다. 그는 다시 발가락으로 내 머리카락을 꼬아 잡아당겼다. 나는 아프다고 신경질을 내며 그의 발을 뿌리쳤는데, 그 과정에서 내 손톱이 그의 정강이를 할퀴고 말았다.

그가 텔레비전 리모컨을 집어 던졌다. 리모컨이 텔레비전 서랍장 위에 떨어지면서 쌓여있던 물건들이 바닥으로 한꺼번에 쏟아졌다. 뜯지도 않은 검은색 팬티스타킹과 고급 망사스타킹이 각각 비닐 소리를 내며 떨어졌다. 그리고 며칠 전 백일 기념일에 그가 억지로 내게 입히려 했던 빨간색 팬티스타킹이 흐물흐물 반쯤 미끄러졌다. 그걸 보자 다시 화가 치솟은 나는 떨어진 스타킹을 들어 그의 얼굴에 패대기치며 말했다. 변태 새끼! 가방을 들고 현관으로 가다가 그가 반성하는 기미도 붙잡을 생각도 없는 것에 또 화가 났다. 나는 돌아가서 누워있는 그의 머리통을 가방으로 내려쳤다. 반사적으로 몸을 벌떡 일으킨 그가 내 왼쪽 얼굴을 세게 내려치면서 나는 냉장고 앞까지 미끄러졌다. 나는 일어나 그에게 달려들었다. 그의 얼굴을 향해 몇 차례 가방을 휘둘렀다. 그때 그의 주먹이 내 왼쪽 광대뼈 쪽으로 날아들었다.

그와 나 누구도 먼저 사과하지 않았고 연락도 하지 않았다. 그날 내 왼쪽 얼굴은 파랗게 멍이 들고 심하게 부어올랐다. 생각해보니, 그날 밤부터 턱이 잘 움직이지 않았던 것 같기도 하다. 그때 내 왼쪽 얼굴에 어떤 문제가 생긴 게 아닐까? 만약 그렇다면 그의 탓이고 그걸 증명할 수 있다면…… 아니다. 폭력을 먼저 쓴 건 내 쪽이었다. 그걸 걸고넘어지면 할 말이 없지 않은가. 심지어 그 사건의 과정을 헤집다 보면 연인 간 은밀한 사생활을 공개해야 하는지도 모른다. 그의 탓이라고 해도 어쩔 수 없었고 정말 그의 잘못으로 내 얼굴에 문제가 생긴 거라면 그건 그 상황을 만든 내 탓이기도 했다. 애초에 그런 자식과 연애를 시작한 것이 원죄라면 할 말이 없는 것이었다.

수오가 공원 벤치에 앉았다. 나도 옆에 앉았다. 수오는 나른하다며 내 다리를 베고 벌러덩 드러누웠다. 잠시 후 자세를 바꾸며 오른쪽으로 돌아누웠다. 수오는 항상 오른쪽으로 누워 자는 버릇이 있었다. 왼쪽으로 자다가도 어느새 오른쪽으로 돌아누워 있다고 했다. 정말 그랬다. 그래서 수오가 좋았다. 나는 왼쪽을, 수오는 오른쪽을, 우리는 서로 다른 방향이지만 누우면 언제나 마주 보게 되었다. 자다가 설핏 눈을 뜨면 수오는 어벙하면서도 천사 같은 얼굴로 잠들어 있었다. 잠결에 어쩌다가 눈이 마주치면 킥킥 웃음이 났다. 아무것도 아닌 일로, 자다가 시선이 마주쳤다는 단순한 상황에 우린 잠꼬대처럼 함께 웃곤 했다.

수오야.

응?

넌 왜 오른쪽으로 자?

글쎄, 왜 그렇게 됐는지 생각해본 적이 없는 것 같은데. 넌? 언제부터 왼쪽으로 자는데?

수오는 내가 왼쪽으로만 자는 이유를 묻지 않고 언제부터 그렇게 되었는지 물었다. 내가 유일하게 좋아하는 수오의 화법이었다. 아주 오래전부터 이어진 기억의 발화점을 찾기란 쉬운 일이 아니다. 그러니 전래동화에서 으레 '옛날 옛적에'라고 두루 뭉술 표현하는 것이다. 나의 기준에서도 옛날 옛적임에는 틀림없는 것 같은데, 글쎄, 언제부터였을까. 내가 왼쪽으로 잔다는 것을 인식하기 시작한 때. 내 기억의 시작…… 설마, 바퀴벌레?

내가 중학교에 입학한 지 며칠 안 되어 아빠가 사업을 말아먹는 바람에 우리 가족은 좁아터진 연립주택으로 이사했어. 손바닥만 한 방이 두 칸이었는데, 엄마와 아빠가 한방을 쓰고 나는 동생과 한방을 썼어. 싱글 침대 하나와 낡은 책상 하나, 주니어 옷장 하나가 겨우 들어가는 방. 나는 하나밖에 없는 동생에게 하나밖에 없는 침대를 양보했어. 그게 옳다고 생각했거든. 지금 생각해도 그건 잘한 것 같아. 나는 침대 아래에 이불을 깔고 자야 했어. 침대와 방문 사이, 요를 반 접어야 방문이 열리는 좁은 공간에서 반으로 접은 이불을 깔고 잠을 잤어. 어느 날 어딘가 가려워서 자다가 깼는데 바퀴벌레가 내 손등을 간질이고 있는 거야. 화들짝 놀라서 손을 탈탈 털자 바퀴벌레는 침대 아래로 유유히 기어들어 갔어. 온갖 박스와 잡동사니, 똘똘 뭉친 먼지로 가득한 어두운 침대 아래 그곳이 바퀴벌레의 아지트였던 거야. 심지어 바퀴벌레라고 하기엔 황당하게 크고 새까매서 텔레비전 어디선가 본 박쥐 같았어. 그날부터 나는 반으로 접은 요를 펼쳐서 접었던 반을 침대 쪽으로 세우고 자기 시작했어. 침대 아래를 차단할 수 있는 방편이었거든. 침대가 누운 몸의 오른쪽에 있었으므로, 나는 등을 침대맡에 기대야 했고 자연스럽게 왼쪽으로 잘 수밖에 없었던 것 같아. 일부러 의식한 잠버릇이었는지는 확실치 않아. 다만, 침대 아래 시커먼 공터에서 무언가 기어 나올까 봐 등으로 입구를 막고 긴장하며 잠을 잔 것은 분명해. 나는 그때부터 지금까지 계속 왼쪽으로 누워야 잠이 들어. 그게 시작이었나 봐. 내 잠버릇은 정말 바퀴벌레 때문인 건가?

수오는 잠들어 있었다. 이런 데서도 충분히 잠들 수 있는 녀석이었다. 수오의 두개골이 내 왼쪽 허벅지 쪽으로 쏠려서 근육을 쿡쿡 찔렀다. 만약 수오가 매일 내 왼쪽 허벅지를 베고 잔다면 허벅지도 비대칭이 될지에 대해 생각하다가, 문득 다리는 독립적 존재인지 아닌지 궁금해졌다. 각각 따로 생존 가능한 독립적인 존재. 얼굴은 왜 독립적이지 못한 걸까. 왼발은 앞으로 오른발은 뒤로 동시에 뻗을 수 있고, 오른손으로 머리를 때리면서 동시에 왼손으로 머리를 쓰다듬을 수도 있잖은가. 어째서 얼굴은 울면 다 같이 울고 웃으면 다 같이 웃는, 그토록 사회주의적이란 말인가. 그게 문제라면 조물주 탓인가. 조물주는 사회주의자였을까? 눈도 코도 턱도 함께 비틀려 버린, 참으로 단합이 잘되는 얼굴. 나는 얼굴만큼 비틀린 마음으로 수오를 내려다보았다. 수오의 눈썹은 도약을 포기하고 편안하게 잠든 아기 타조의 날개 같았다. 내가 허벅지를 약간 꿈틀거리자 수오가 자세를 바꾸었다.

문득 맞물리는 게 떠올랐다. 의사가 원인일 수도 있다고 한 말 중에 '생활 습관'이라는 것. 왼쪽으로만 자면 왼쪽 얼굴이 짓눌

릴 수밖에 없는데, 그게 십 년이 넘었으니 비대칭이 될 수도 있지 않았을까? 내가 유추하고도 제법 설득되는 이야기다. 그렇다면 그건 엄마 말처럼 내 탓일지도 모른다. 내가 만든 습관이니까. 아니다. 그건 엄마 탓일지도 모른다. 어린 딸의 잠자리를 제대로 봐주지 않은, 바르게 자는 습관을 제대로 들이게 양육하지 못한. 아니다. 그건 아빠 탓일지도 모른다. 엄마가 나를 제대로 양육하지 못하게 사업이 망했고, 내가 똑바로 누워 잘 수 없을 만큼 좁은 집으로 이사 간. 아니다. 어쩌면 이건 나라 탓일 수도 있겠다. 굴지의 대기업과 영세 중소기업이 공존하지 못하게 만들어놓은, 그래서 아빠를 망하게 만든 불공정한 자본주의의 룰. 그것을 바로잡지 못한 나라도 한몫했겠지.

왜 그렇게 심각해?

수오가 고양이 눈으로 나를 올려다보고 있었다.

모르겠어. 그냥 좀 억울해.

얼굴이 비대칭이라서?

그 사실보다는 내가 그걸 인식하게 된 게 화가 나.

자꾸 생각하지 마. 누구나 어디 한 군데는 비대칭이야. 하다못해 심보가 그런 경우도 있어. 대신 넌 착하잖아.

칭찬인 듯 칭찬 같지 않은 수오의 말은 위로가 되지 못했다. 이미 인식이라는 작용이 시작된 이상 그 안에 갇히는 건 시간문

제였고 그 말은 이제 나는 자유롭지 못하다는 뜻이었다. 인식은
증명사진에서 시작되었다.

이력서에 넣을 증명사진이 필요해서 학교 앞 사진관에 갔었
다. 사진관 아저씨는 자꾸만 내게 왼쪽 어깨를 올리라고 말했
다. 더더더. 자 좋아요. 왼쪽 조금 더 올리고. 스톱. 그렇지. 아
저씨는 컴퓨터로 사진 보정을 하면서 왼쪽 입꼬리가 많이 내려
갔네, 하고 혼잣말을 했다. 네? 놀란 내가 컴퓨터 앞으로 다가서
자 아저씨는 내 입 주변을 모공까지 드러나도록 확대한 채 왼쪽
입꼬리에 마우스를 갖다 대며 말했다. 왼쪽, 왼쪽만 울고 있어.
사진관 아저씨의 화려한 마우스 클릭에 내 왼쪽 입술은 거짓말
처럼 미소를 찾았고, 왼쪽 턱과 광대는 오른쪽에 맞춰 조금씩
조금씩 위로 치솟았다. 쌍꺼풀도 오른쪽만 있네? 그건 나도 아
는 사실이었다. 그마저도 유심히 들여다보지 않으면 알 수 없을
만큼 작은 속 쌍꺼풀. 사진관 아저씨가 만들어낸 증명사진 속
내 얼굴은 실제와는 다르게 적절한 대칭을 이루었고 어색하게나
마 웃고 있었다. 어쨌든 줄곧 왼쪽만 울고 있었을 내 얼굴을 그
날 처음 보았다.

차라리 오른쪽을 내리는 노력을 하는 게 어때? 어차피 나이
들수록 살은 처지는데, 그게 더 현실적이지 않을까?

그렇게 되면 표정이 너무 어두워.

꼭 밝을 필요가 있어? 미소가 늘 정답은 아냐.

수오는 모른다. 미소가 정답인 경우가 많다는 사실을. 내 무표정에 얼마나 많은 사람이 화가 났냐고 물었는지를. 웃는 얼굴이 예뻐 보이지 않는 여자의 절망을 수오는 모른다. 지금까지 왼쪽만 울고 있는 표정으로 사람들과 마주하고 있었다는 사실을 알게 된 이십 대 취준생 여자의 끔찍함을 알 턱이 없다. 사람들은 가끔 눈치채기도 했을까? 알아챘어도 내 앞에서 말하기는 그랬겠지. 어쩌면 모두가 나보다 먼저 알고 있었는지도 모른다. 그러니까 사진 찍으러 갔던 날 사진관 아저씨를 통해 내 얼굴이 비틀린 사실을 알게 되었고 인식의 시작은 비로소 일상을 망가트리기 시작했다. 그간 면접에서 떨어진 이유도 비대칭 얼굴 때문이라는 억지 결론에 도달했다. 방법을 찾아야 했다. 원인. 그걸 알아야 해결 방향도 찾을 수 있을 것이다. 도대체 왜 이렇게 되었을까. 내가 깊은 한숨을 내뱉으며 중얼거리자 수오가 벌떡 일어나 앉으며 말했다. 우리, 타로 보러 갈까? 막막할 때는 그것도 나쁠 건 없었다. 아니, 제법 괜찮은 방법이었다.

십여 분 걸으니 한두 평짜리 타로 가게가 즐비한 골목이 나왔다. 우리는 개량 한복을 입은 중년의 여자가 질펀하게 하품을 하고 있는 타로 가게 안을 기웃거렸다. 입구에 붙어있는 마그네

틱 간판에는 내림굿을 받았다고 쓰여있었다. 그 특이한 이력으로 방송에도 나왔었는지 방송 화면을 캡처한 사진들이 붙어있었다. 우리를 발견한 여자는 이내 들어오라며 손짓을 했다. 비즈 커튼을 젖히자 드림 캐처에서 맑은 소리가 났다. 영화에서 봤던 곳과는 다르게 크리스털 볼은커녕 빈티지하고 신비한 소품 하나 없었다. 그저 하얀 보가 깔린 네모난 테이블 옆에 낡고 아담한 파티션이 전부였고 파티션 너머에는 좁은 싱크대와 오래되어 색이 변한 냉장고가 보였다. 싱크대 위에는 삶은 고구마 두 개와 벗긴 고구마 껍질이 담긴 쟁반이 있었다. 생각보다 지극히 친숙하고 인간적인 곳. 뭐 보시게? 재빠르게 카드를 정렬하기 시작한 마스터가 물었다. 수오가 내 쪽 의자를 꺼내주었다. 제 문제의 원인을 알고 싶어서요. 그녀가 내 얼굴을 빤히 쳐다보았다. 이번엔 점쟁이 같았다.

미래가 아니라 원인을 알고 싶다?

미래보다 쉽지 않을까요?

어디 한번 해봅시다.

나는 아주 신중하게 겹겹이 늘어놓은 카드 중에 가장 아래 갇힌 카드로 뽑아냈다. 불길하게도, 내가 뽑은 카드는 모두 잔인해 보이거나 어두운 그림들이었다. 마스터는 내가 뽑은 카드를 유심히 바라본 뒤 다시 내 얼굴을 구석까지 쳐다보고는 눈을 지

그시 감고 입술을 씰룩거렸다. 무당이 타로를 시작한 건지, 마스터가 무당이 된 건지, 이 미스터리하고 신뢰가 가지 않는 여자 앞에 앉아있는 게 한심하게 느껴질 즈음.

문제가 뭔지 모르겠지만 방향이 틀렸어.

방향이 틀렸다니요?

해결하려는 방향 말이야. 지금 아가씨가 짐작하고 있는 것들. 생각이 너무 많은데 다 틀렸어. 고정관념을 버리라는 거지.

애매하군요.

문제 자체가 애매한 게 아니고?

그건 그럴듯한 말이었다. 나는 다시 시키는 대로 세 장의 카드를 뽑았다. 이번에는 손가락 하나로 대충 끄집어냈다.

자꾸 도망치고 있네? 숨고 싶거나 숨기고 싶은 게 있지?

아닌데요? 저는 해결하고 싶은 건데요?

해결하려면 대면해야지.

더는 말하고 싶지 않았다. 나는 숨거나 숨기려는 게 아니라 오히려 원인을 찾아내려는 쪽인데 순 엉터리였다. 점쟁이든 타로 마스터든 어느 쪽도 믿음이 가지 않았고 다 부질없는 짓이었다. 나도 모르는 해결책을 누가 찾아줄 거라 믿었을까. 타로 값 이만 원은 수오의 지갑에서 나왔다. 수오와 나는 타로 가게를 나와 말없이 걸었다. 일렬로 늘어선 자그마한 타로 가게나 간혹

박혀있는 점집이나 점술적 의미는 전혀 없어 보였다. 날은 점점 어두워졌지만 나는 선글라스를 벗지 않았다.

　우리는 지하철역을 향해 걸었다. 건물 하나를 지날 때마다 쇼윈도에 우리의 모습이 비쳤다. 수오는 핸드폰을 만지작거리고 있었고 나는 그런 수오를 포함해서 상점 유리에 반사된 우리를 바라보았다. 보이는 것보다 분명 더 가까이에 있을 우리의 모습이었다. 실제보다 두 배쯤 먼 거리. 그 거리에서 바라본 내 얼굴은 아주 평범했다. 어두워서 그럴까, 멀어서 그럴까. 사진관 아저씨는 분명 왼쪽 얼굴만 울고 있다고 말했고 성형외과 의사는 내 얼굴이 안면 비대칭이라고 했고, 멀쩡한 선글라스는 자꾸 비뚤어졌는데. 넌 어떻게 생각해? 내 문제에 관해 생각이란 건 하는 거야? 내가 물었을 때 수오는 마치 준비하고 있었다는 듯 꾸물대지 않고 대답했다. 사진관 아저씨는 컴퓨터로 내 얼굴을 지나치게 확대했기 때문이고, 성형외과 의사는 눈에 불을 켜고 고칠 곳만 찾는 사람이라 그런 거고, 멀쩡한 명품 선글라스는 서양인 이목구비에 맞게 제작되었기 때문이라고. 야! 걸음을 우뚝 멈추고 내가 소리치자 수오가 놀란 눈으로 쳐다보았다. 만지작거리던 핸드폰을 슬며시 바지 주머니에 밀어 넣은 수오는 무언가 잘못한 사람처럼 미안한 표정을 지었다. 수오의 한쪽 눈썹이 비행을 시도했다.

그걸 왜 이제야 말하는 거야?

뭘?

생각을 그렇게 깊게 하고 있었으면서 왜 이제야 말하는 거냐고!

아, 그냥 방금 생각난 거야. 그런데 그게, 답이야?

답인지는 모르겠지만 꽤 일리 있는 말처럼 들렸다. 근본적으로 누구의 잘못도 아닌 것 같은 말.

나는 쇼윈도를 한참 동안 쳐다보았다. 수오도 함께 쳐다보았다. 내 비대칭 얼굴이나 수오의 짝짝이 눈썹은 전혀 티가 나지 않았다. 거리. 그게 문제였을까. 너무 가까운 게 문제였을까. 전 남자 친구의 행동이나 어릴 적부터 왼쪽으로 자는 습관 따위는 내 비대칭 얼굴과 관련 없는 걸까. 왼쪽으로 잠자는 습관이 들게 한 엄마나 아빠 혹은 이 나라 경제구조의 잘못도 없는 걸까. 선글라스는 진짜 정상인 걸까. 혹시 내 얼굴은 비대칭이 아닌 걸까. 거리만, 지금 쇼윈도에 비친 거리 정도만 유지한다면 나는 이 상황에서 벗어날 수 있을까. 그렇지만 거리를 유지해야 하는 대상을 알 수가 없었고 적당한 거리가 어느 만큼인지도 알 수 없었다. 내가 내게서 거리를 유지한다는 게 가능하기는 한 것인지도.

우리는 무의식 상태처럼 말없이 걸었다. 즐비한 쇼윈도 속의 우리도 일정한 거리를 둔 채 나란히 걷고 있었다. 내가 먼저 쳐다보기 전에는 결코 나를 먼저 쳐다보는 법이 없는 또 다른 내가 신경 쓰였다. 나만 신경 쓰는 것 같아 불쾌감마저 일었다. 유리가 없는 곳으로 가야겠다. 그렇지만 유리가 없는 곳은 거의 없다. 핸드폰 액정에도, 지하철 창에도, 냄새나는 화장실에도, 유리가 있는 곳이라면 어디든 나는 존재했다. 섣불리 다가오지 않고 선을 넘지 않을 만큼의 거리 안에, 어디서나, 어딜 가든 내가 있었다. 어느 상점 앞에서 가뭇없이 내가 사라졌고 나는 그 자리에서 멈추었다. 왜? 수오가 한 발 앞서 나갔다가 되돌아오며 물었다.

내가 사라졌어.

응?

유리에 비치던 내가 사라졌다고.

수오가 쇼윈도를 쳐다보았다.

안이 너무 밝아서 그럴걸?

작은 보세 옷 가게는 화려한 조명으로 싸구려 옷들을 빛나게 하고 있었다.

구경할까?

눈치 없는 수오가 말했다.

싫어.

지금 그럴 때가 아니었다. 나는 비대칭이기 이전의 나를 찾고 싶었다. 비대칭이었어도 비대칭인지 몰랐던 그때로 돌아가고 싶었다. 돌아갈 수 없다면 바로잡아야 했다. 그러나 문제는 어떤 게 진짜 나인지 알 수 없다는 거였다. 비대칭이기 이전의 내가 진짜 나인지, 비대칭이었어도 비대칭인지 몰랐던 내가 진짜 나인지, 모든 것을 인지하고 강박에 사로잡힌 지금이 진짜 나인지 도무지 알 길은 없을 것 같았다. 거리가 주는 불안함. 어두운 시각이 주는 안도. 차라리 눈에 보이는 게 나았다. 비대칭이란 단어는 어느새 더 불편한 상황 속으로 침잠했다. 안은 어둡고 밖은 밝은 곳을 찾고 싶었지만 도시에서 그런 곳은 찾기란 힘들었다. 원래의 나는 사라지지 않았다는 것을, 비대칭이 아닌 내가 어떤 식으로든 존재한다는 것을 확인하고 싶었다.
　가게 앞에 멈춘 우리를 보고 옷 가게 점원인지 주인인지 모를 여자가 나와 환하게 웃었다. 들어와서 구경하라고, 예쁜 옷 많다고, 보는 것과 입는 것은 다르다고, 여자가 말했다. 나는 여자에게 눈인사를 하고 다시 걸었다. 수오도 말없이 따라 걸었고 좀 전에 사라졌던 나도 따라 걷고 있었다. 넷이서, 가끔은 둘이서 일정한 속도로 일정한 거리를 유지하며 함께 걸었다. 머리 위에 올라앉은 선글라스는 어둠 속에서 얌전했다. 나는 왼쪽 눈을 찡긋하며 왼쪽 얼굴을 추켜올리지도 않았고 누가 쳐다볼까 봐 신경 쓰지도 않았다. 어둠 속에서는 그럴 필요가 전혀 없었다.

저녁 먹고 갈까? 술 한잔도 괜찮고. 몇 발 앞서 걷던 수오는 마치 불특정 다수에게 말하듯 뒤돌아보지 않고 말했다. 나는 수오의 옥탑방을 떠올렸다. 수오의 옥탑방에서 잠들고 싶어졌다. 우린 애틋하지는 않았지만 서로를 편안해했고 나는 수오를 신뢰했다. 무엇보다 집에 가고 싶지 않았다. 뭔가 잘못됐다면 모든 게 내 탓이라고 말했던, 파김치를 담그며 화를 냈던 엄마가 떠올랐다. 마침 수오에게 부탁하고 싶은 것이 생겼고 수오가 내 부탁을 들어주기로 하여 우리는 수오의 옥탑방으로 향했다. 4층 건물 꼭대기. 나는 수오의 냄새가 밴 싱글 매트리스에 벌러덩 드러누웠다. 치킨? 피자? 핸드폰을 손에 든 수오가 물었다. 피자.

수오는 앱을 열어 피자를 주문했다. 그사이 나는 샤워를 했고 수오는 청소를 했다. 내가 나올 때까지 수오는 도착한 피자 박스를 개봉하지 않고 기다렸다. 커다란 피자 박스는 네 면이 끈으로 묶여있었다. 매듭을 풀어 끈을 해체하는 수오를 보며 물었다. 박스 테이프 같은 거 있어? 사올 걸 그랬나? 수오는 갈색 모직 정리함을 열고 황금색 박스 테이프를 꺼내왔다. 자취방을 옮길 때 사용했던 것 같았다. 쓰다 남은 거라 양이 그렇게 많지 않아서 부족할 것 같기도 했다. 내가 피자를 씹으며 얼마 남지 않은 박스 테이프를 한참 동안 쳐다보고 있자 수오는 콜라를 들이 켠 후 다시 뭔가 찾기 시작했다. 겹겹이 쌓아놓은 상자들을 풀어 헤치더니 제멋대로 돌돌 말린 주황색 노끈과 플라스틱 줄넘기를 높이 들며 말했다. 이것도 괜찮을 것 같은데? 그것도 괜찮을 것 같았다.

우리는 황금색 박스 테이프와 주황색 노끈과 플라스틱 줄넘기를 바라보며 피자를 먹었다. 밤은 제대로 깊어지고 있었고 온종일 걸어 다녀서 그런지 몹시 피로했다. 머리도 복잡했다. 초라하고 지저분한 수오의 옥탑방은 불면증에 시달리던 사람도 노곤하게 만드는 특별함이 있었다. 내가 먼저 손을 털자 수오는 남은 피자를 정리한 후 불을 껐다. 조그마한 창으로 도시의 불빛들이 새어 들어왔다. 건물 지하에 있는 노래방에서 올라오는 노랫소리도 들렸다. 이따금 자동차 경적이 울렸고 오토바이가 지나갔고 고양이 울음소리가 났다. 긴장을 풀어주는 도시의 적당한 소음들.

나는 매트리스 안쪽 벽에 등을 대고 오른쪽을 향해 누웠다. 원래는 수오가 자는 자리였고 수오의 방향이었다. 수오는 내 허리 밑에 주황색 노끈을 밀어 넣고 몇 번 느슨하게 감았다. 감긴 노끈 사이로 몸을 넣어 내 쪽을 보고 누운 수오는 자신의 허리와 내 허리를 밀착시켜 노끈을 묶은 후 노끈이 더 단단하게 버티도록 위에 박스 테이프를 감아 밀착시켰다. 수오와 나는 한 몸처럼 되었다.

수오야, 네 눈썹에도 붙이는 게 어때?

나는 괜찮아.

그런데 수오야.

응.

네 눈썹은 머리카락이 되고 싶은가 봐.

수오는 눈썹을 씰룩거렸다. 웃기고 싶은 모양이었지만 옆으로 누운 수오의 눈썹은 슬퍼 보였다. 그래서 나는 머리카락이 되지 못한 수오의 눈썹을 쓰다듬어 주었고 내 손이 닿자 수오는 눈을 감았다. 오른쪽으로 눕는 것이 아무래도 어색한 내가 몸을 계속 비틀자 수오는 한데 묶인 내 몸을 꼭 안아주며 말했다. 너는 그냥 너의 모든 것이야. 수오가 요즘 책이라도 읽는 모양이다. 제법 근사한 말처럼 들렸지만 나는 수오가 평소처럼 입을 다물어주길 바랐다.

얼마나 오랜 세월 왼쪽으로만 누워 잤던 것인지 오른쪽으로 누워있는 것 자체가 너무 불편하고 답답해서 고문당하는 것만 같았다. 둘 다 쉽게 잠들 수 있는 자세가 아니었다. 나는 수오너머 나무 의자 쪽으로 팔을 쭉 뻗어 더듬었다. 사진을 찍고 싶었다. 핸드폰? 이번엔 수오가 가까스로 팔을 뻗었다. 무엇을 당겼는지 의자에 걸쳐놓았던 줄넘기가 따라오려다가 의자가 쿵 넘어지고 말았다. 깜짝 놀라서 일어나려는데 그럴 수 없는 상태였고, 그 때문에 넘어진 의자 아래에 무엇이 깔렸는지 나는 보지 못했다. 괜찮아. 고칠 수 있을 거야. 명품이니까. 수오가 하는 말이 뜬금없다고 생각하면서 몸을 비틀었다. 사진은 됐고, 자꾸만 돌아눕고 싶었다.

유령 가족

남편이 진짜 죽을 줄은 몰랐다. 진짜 죽을 작정인 사람들은 죽고 싶다는 말을 흘리고 다니지 않는다. 유서를 사표처럼 재킷 주머니에 넣어 다니는 사람들은 정작 그것을 누구에게도 들키지 않도록 주의한다. 화장실 변기에 앉아있을 때나 취기에 담배 개비를 꺼내 들 때와 같이 마침내 혼자일 때만 유서의 무게를 직감한다. 남편의 옷에서 유서를 발견할 때마다 그 내용을 읽을 때마다 나는 안심했다. 두서없이 쓴 일기 같았다. 스스로 무게를 감지하고 가슴팍에 넣어둔 한때의 다짐에 다시 손을 댈 만한 무게가 아니었다. 그러니 나는 추호도 의심하지 않았다. 걱정도 하지 않았다. 남편은 자살할 위인이 못 되었다.

어쨌거나 남편은 죽었다. 팬티만 입은 채로 어느 아파트 베란다에서 추락하였다. 우리 집이 아닌 다른 아파트 주차장에서 속옷만 입고 눈은 희멀겋게 뜬 상태로 발견되었다. 영안실에 놓인 남편의 시신을 확인했을 때, 슬픔보다는 깊은 절망이 먼저 왔다. 죽을 작정이었으면 나와 결혼해서는 안 되는 거였다. 내가 어떤 가정을 꿈꿔왔는지, 완벽하고 이상적인 가정이 내 인생에 어떤 의미였는지 남편도 알고 있었다. 그의 죽음으로 인해 내 삶에서 가장 중요한 것들이 무너지고 말았다. 남편이 없는 가정은 완벽하지 않았다. 남은 가족들은 모두 쓸모없는 조각이었다. 도대체 남편은 왜 죽었을까.

침대맡에서 수면제 한 알을 이제 막 삼킨 자정이었다. 모르는 번호로 전화가 왔다. 모르는 번호가 자정 넘어 전화하는 경우는 거의 없었다. 그래서 불길함이 감돌았다. 수화기 너머에서 다급한 남성의 목소리가 튀어나왔다. 남편이 12층에서 추락해서 응급차에 실려 가는 중이라고 했다. 함재훈. 내 남편이 맞는지 물었다. 그런 착오는 있을 수 없다고 생각했지만, 나는 물었다. 위독하다는 단어가 반복되었고 빨리 병원으로 오라는 말이 사이렌 소리와 함께 전화기 스피커를 찢었다. 위독하다는 단어의 의미를 정확히 알 수 없었다. 산다는 말인지 죽는다는 말인지 헷갈렸다. 다급한 걸 보면 죽음 쪽으로 기울었을까. 멍하니 앉아 이케아 조명 아래 불빛을 바라보았다. 그 아래 수면제 봉투가 놓여있었다. 스틸녹스 10mg.

욕실에 서서 차가운 물줄기에 몸을 맡겼다. 절기상 겨울은 지났지만 아직 봄꽃이 피지 않은 3월이었다. 머리부터 발끝까지 찬물을 뒤집어썼다. 어금니가 달달거리는 소리를 냈다. 달리 방법이 없었다. 수면제는 곧 내 신체 전반에 제 약효를 과시할 것이었다. 어떡해서든 정신을 차리고 운전을 해야 했다. 위독하다는 말은 어떤 조건에서든 사람을 움직이게 했다. 남편이 옮겨지고 있다는 병원은 인천이었다. 인천에는 왜 갔을까. 죽으러 갔을까. 머리카락의 물기만 대충 닦아내고 밖으로 나갔다.

어둠 속에 가루비가 흩날리고 있었다. 차에 앉아 몸의 상태를 가늠했다. 졸리지 않았다. 졸려도 가야 했지만 약효가 달아난 기분이었다. 수면제는 신경계에 작용하는 약이니 이렇게 큰 충격이 왔다면 효능을 잃을 수도 있지 않을까. 괜찮을 것 같았다. 괜찮아야 했다. 차에 시동을 걸고 창문을 모두 열었다. 찬 바람이 가냘픈 빗물과 함께 다가올 운명처럼 들이닥쳤다. 차량에 부착된 내비게이션으로 병원을 검색했다. 한 시간 십 분 거리. 딸아이가 깨어나는 여덟 시까지는 돌아와야 했다. 위독이 죽음과 가깝기는 하나 동의어는 아니므로, 상황만 보고 돌아올 생각이었다. 나는 차를 몰았다.

운전대에 몸을 바투 붙여서 한적한 도로를 삼십 분쯤 달렸다. 3월의 지문 도시는 얼음 왕국같이 차가웠다. 한기에 노출된 신체 부위들이 감각을 잃어갔다. 입 안에 숨어있는 혓바닥까지 얼어버릴 것만 같았다. 결코, 잠들 수 없는 상태였다. 운전석 창만 반쯤 열어놓고 나머지는 닫았다. 비 내리는 심야라 시야 확보가 쉽지 않았다. 게다가 초행길이었다. 상향등을 켤까 말까 고민하고 있을 때, 내비게이션 화면이 사라지고 전화가 울렸다. 화면에 조성숙이라고 떴다. 남편의 전 와이프였다. 이 여자가 왜. 지금 왜.

"여보세요?"

"조성숙입니다."

"그런데요?"

"남편이 방금 운명하셨어요."

여자가 말하는 문장이 이상했다. 누구의 남편을 말하는 것인지. 그러나 그걸 따질 상황은 아니었다.

"당신이 그걸 어떻게 알죠?"

"응급차를 같이 타고 왔거든요."

남편이 조성숙과 함께 있었다는 말이었다. 죽기 직전까지. 전 와이프와.

나는 한참 동안 말을 잇지 못했다. 저쪽도 말해놓고 좀 그런 모양인지 침묵으로 이어졌다. 조성숙의 수화기에서는 차량이 달리는 소리만 들릴 것이었다. 통화의 공백이 이어지자 답답하다는 듯이 그녀가 말했다.

"남편이 죽었다고요."

그러니까 그 사실은 어차피 알게 될 일이었다. 이 시간에 조성숙이 직접 전화해서 알려줄 필요는 없었다. 내가 가고 있었고, 지금 가지 않아도 반드시 가게 되어있었고, 모든 기관에서 가장 먼저 연락할 사람이 나였다. 이 여자는 무슨 속셈으로 남편의 죽음을 내게 알리는 것일까. 두 사람이 함께 있었다는 사실을 이런 식으로 고백하는 이유가 뭘까.

속도를 높였다. 150, 160, …… 200.

"당신이 죽였어요?"

묻고 싶었다. 그래서 속도를 계속 높였고 화를 내듯 목소리도 높였다. 당신이 죽였어요? 그녀는 당황하는 기색이었다.

"뭐라고요? 내가 왜!"

"진실은 당신만 알겠지."

통화가 일방적으로 끊어졌다. 다시 내비게이션 화면이 떴다. 나는 속도를 줄였다.

조성숙은 남편과 사는 내내 남편을 못살게 굴었다. 술을 마시면 그녀는 포악하게 변했다. 남편은 모욕적인 말들을 듣거나 폭행당하기도 했다. 조성숙은 가위로 커튼을 찢어버리는가 하면 부엌칼로 가죽 소파에 난도질을 하기도 했다. 남편은 경악할 공포를 느꼈다. 그들에게는 딸이 하나 있었다. 갓난쟁이였지만, 엄마가 필요한 아기였지만, 조성숙의 곁에 아이를 둘 수 없었다. 산후우울증이라고 받아들일 수 없었던 이유는 출산하기 전에도 비슷한 일들이 일어났기 때문이었다. 남편은 이혼을 요구했고 조성숙은 이혼에 합의하지 않았다. 이혼소송에서 패소할 것이 명백함에도 협의이혼은 해주지 않았다. 조성숙에게서 벗어나기 위해서는 황당한 요구를 들어주어야 했다. 아이의 양육은 남편이 하되 조성숙의 생활비도 남편이 책임져야 한다는 것.

남편은 이혼소송을 하는 중에 나를 만났다. 나는 경영 컨설턴트로 일하고 있었고 남편은 의뢰인이었다. 상황을 알게 된 나는 그녀의 요구를 들어주고 협의이혼을 하라고 조언했다. 남편으로부터 전해 들은 조성숙의 행실과 인격으로 보아, 소송에서 이기고 갈라서도 그게 끝이 아닐 것 같아서였다. 낙지나 문어의 생존에 필수 기관인 흡반처럼 남편의 인생에 찰싹 달라붙어 있을 여자가 분명했다. 흡반은 죽은 먹잇감보다 살아있는 먹잇감에 달라붙을 때 흡착력이 네 배나 강해진다. 그러니 남편이 죽기 전까지 남편에게 달라붙은 조성숙의 흡반은 강도가 약해지지 않을 것이었다. 그런 표현을 남편에게 직접 하지는 않았지만 남편도 이미 염려하는 바였다. 다행히 조성숙에게 생활비를 줘도 경제적 문제가 일어날 정도는 아니었다. 고민하던 남편은 조성숙의 요구를 들어주는 대신 조성숙에게 아이의 친권을 포기하라는 조건을 들이밀었다. 그것도 내가 일러준 궁리 중 하나였다. 조성숙은 결국 남편의 요구를 받아들여 친권을 포기하고 협의이혼을 했다. 조성숙은 매달 생활비 명목의 유흥비를 내 남편에게서 얻어 썼다. 괜찮았다. 그때는 남편과 아이를 구하고 싶은 마음뿐이었다.

딸아이는 생각보다 얌전했다. 약간의 자폐 스펙트럼을 가지고 있었지만 증세는 미미했고 아직 너무 어려서 정확하게 진단하기 힘들다고 했다. 잘 웃고 다정한 아이였다. 그 아이에게 완벽한 엄마만 생긴다면, 남편에게 현명한 아내만 생긴다면, 그야말로 이상적인 가정이 될 거라 생각했고 그건 나밖에 할 수 없다는 확신이 있었다. 나는 최선을 다했다.

남편은 조성숙과 이혼 후, 그리고 나와 재혼한 후에도 불안 증세를 보였다. 우울증과 공황장애 약을 처방받아 먹었다. 가정폭력과 불화의 고통 속에 있을 때는 없었던 병이 그것을 벗어나자 생긴 것이었다. 남편은 죽고 싶다는 말을 자주 했다. 자수성가해서 이룬 프랜차이즈 사업도 문제없이 잘 꾸려가고 있었고, 부부 사이라든가 아이 양육이라든가 어디에도 별다른 문제가 없었다. 사회성이 좋은 사람이 아니어서 따로 만나는 친구나 지인이 많은 것도 아니었다. 인간관계의 폭이 좁은 대신 스트레스도 적었다. 그런데 그는 계속 우울하고 괴로웠다. 죽고 싶다는 말을 한 직후에는 미안하다는 말을 반복했다. 정말 죽으려는 건 아니라고 했다. 그건 알고 있었다.

나는 남편을 쉬게 해주고 싶어서 내가 대신 사업을 책임졌다. 남편은 집에서 아이를 보거나 베이비시터가 집에 올 때는 어디론가 외출을 하곤 했다. 이따금 내가 퇴근한 후 집을 나서기도 했다. 술을 마시는 사람이 아니다 보니 그의 밤 외출에 별다른 의심을 하지는 않았다. 오히려 집 안에만 있는 것보다 외부 활동을 하는 게 좋을 것 같았다.

영안실 앞에서 알게 되었다. 남편이 밤마다 조성숙을 만나러 다녔다는 사실을. 조성숙의 집에서 조성숙의 술친구가 되어주고 과격하게 변하는 조성숙의 모습을 지켜보았으며 과거의 공포에 고스란히 노출되면서도, 그러면서도 남편은 조성숙을 만나러 갔다는 사실을. 함께 있었지만 뛰어내리는 건 보지 못했다는 조성숙을 향해 나는 정성을 다한 따귀를 후렸다. 조성숙이 그것을 되돌려주었고 나는 주먹을 쥔 손으로 그녀의 얼굴을 가격했다. 조금 전까지 본인이 앉아있었던 기다란 의자에 털썩 주저앉은 조성숙은 헝클어진 머리카락을 매만지며 말했다.

"남편은 말이에요. 그걸 좋아했다고요. 불안해하면서 즐겼다고요. 그렇게 이어지는 섹스를 경험하면 아무도 벗어날 수 없어요."

나는 그 말에 대꾸하지 않았다. 그게 사실이라면 죽은 남편은 파렴치한 이중인격자였다. 평온하고 이상적인 가정을 꿈꾸면서 위험한 섹스를 그리워한. 그가 그리워한 것은 내가 줄 수 없었던 것임이 분명했고 그건 이상적인 가정과는 거리가 먼 것이었다. 죽은 사람의 입장을 들어볼 수 없으니 조성숙의 말만으로 남편을 매도하고 싶지는 않았다. 남편이 죽었으니 타깃을 바꿔 내 인생에 흡반을 들이댈 요량으로 그런 말을 지껄일 수도 있었다. 자신의 눈앞에서 사람이 죽었고 그 사람의 시신이 바로 저기에 있는데도 조성숙은 일말의 죄책감도 없이 망자를 모욕하고 있었다. 그것보다 중요한 것은 내가 어떤 사람인지 그녀가 모른다는 사실이었다. 그녀가 내 가정을 파괴하고 있다는 것을 남편이 살아있을 때 알았더라면, 나는 조성숙 따위 가랑이 사이에 집어넣고 흡반 기관을 잘라버릴 수도 있는 사람이었다.

영안실 입구에서 경찰이 기다리고 있었다. 나는 경찰과 함께 의사를 따라 영안실 안으로 들어갔다.

남편의 턱은 반쯤 꺾인 상태였다. 그래서 입을 바보처럼 크게 벌리고 있었다. 눈은 왜 뜨고 있는지. 하얀 장갑을 낀 의사는 남편의 사인死因을 의학적으로 설명했다. 머리통이 박살 나서 죽었다는 말을 어렵게 했다. 나는 고개를 끄덕였다. 할 말은 없었다. 바람피우다가 죽은 남편 앞에서, 모든 걸 무너뜨려 놓고 듣지도 못하는 사람 앞에서 말은 필요 없었다. 지금부터 일어나는 의문 또한 풀고 싶지 않았다.

밖으로 나오니 경찰 두 사람이 내 앞에 섰다. 집 안에 다른 사람이 있었기 때문에, 그러니까 사망 현장에 조성숙이 있었기 때문에 타살 여부를 밝혀야 한다고 했다. 자살이라면, 남편이 속옷만 입고 있었던 것에도 의문이 든다고 했다. 부검 동의서에 사인하면서 속옷 차림의 남편이 베란다에서 떨어지는 장면을 상상했다. 나는 사인한 동의서를 경찰에게 건네며 물었다. 탈상 전에 넘겨주시나요? 뱉고 보니 말이 조금 이상했지만 이런 경우는 길어야 이틀이라는 대답을 들었다. 참고인 신분으로 경찰과 동행하는 조성숙의 뒷모습을 바라보며 나는 그녀가 앉아있던 의자에 털썩 주저앉았다.

새벽 3시.

한 남자가 다가왔다. 괜찮으면 장례 절차를 의논하고 싶다고 했다. 두 시간 전에 사망 판정을 받은 남편의 시신을 방금 확인한 아내에게 그런 매정한 목소리만 이어졌다. 나는 남자가 이끄는 사무실로 동행했다. 해야 할 일이기는 했다. 장례 절차를 매듭짓고 딸아이한테 다녀오면 되겠다고 생각했다. 베이비시터는 아침 11시에나 출근하는데, 그 전에는 학교 수업이 있다는 걸 알기에 오전에 아이를 부탁할 수는 없었다.

누군가 장례식장에 도착해야 자리를 비울 수 있었다. 제일 먼저 도착한 사람은 그의 누나, 함정희였다. 그녀는 내게 상황을 캐물었다. 나는 남편이 조성숙의 집에서 투신자살한 것으로 보인다고 말해주었다. 나의 무표정과 담담한 목소리에 함정희는 화를 내었다. 마치 이 사태를 기다린 사람 같다고도 말했다. 당신의 남동생이 전 와이프의 집에서 속옷 차림으로 죽어서 왔다는 사실보다 내 태도가 더 중요한 모양이었다. 장례식을 왜 인천에서 하느냐고, 왜 마음대로 결정하느냐고 함정희는 계속 불만을 토로했다. 나는 함정희의 전에 없던 시누이 행세에 토를 달지 않기로 했다.

장례지도사가 내가 입을 옷을 건네주었다. 머리에 꽂을 핀도 주었다. 이런 옷을 입어본 적이 없었다. 아주 오래전에 입을 기회가 있었지만, 입지 못했다. 남편 때문에 입게 될 줄이야. 상주 노릇은 집에 다녀와서 해도 늦지 않을 것 같았다. 그러나 의외로 빠르게 손님이 들이닥쳤다. 주로 남편의 가족이었고 사업 파트너들이었다. 나는 하는 수 없이 옷을 갈아입었다. 검은 치마와 검은 저고리, 그리고 하얀 리본 핀. 옷을 갈아입고 나오는데 함정희가 나를 쏘아보았다.

"그 손톱 좀 어떻게 해! 남편 잡아먹은 여자라고 비 내는 기야?"

나는 열 손가락을 펼쳐서 손톱을 바라보았다.

며칠 전 손톱이 부러지는 바람에 퇴근길에 네일 숍에 들렀었다. 여자 몸에 빨간색을 지니고 있으면 좋은 일이 생긴다던 숍 마스터의 말을 귓등으로 들었지만, 나는 새빨간 손톱을 선택했다. 기분 전환에는 그것만 한 것이 없었다. 이 손톱이 남편 잡아먹은 여자로 보이다니. 내가 남편을 잡아먹었단 말인가. 구워 먹었나 삶아 먹었나. 저런 말들은 어느 시대부터 내려왔을까. 남편이 먼저 죽으면 남겨진 아내들은 모두 잠재적 살인자가 되는 것일까. 시누이가 저런 표현을 쓴다면 남편의 어머니는 어떤 악담과 원망을 퍼부을지, 앞으로 닥칠 피곤한 장면들 때문에 머리가 지끈거렸다. 어쨌든 빨간 손톱이 상복과는 어울리지 않는 게 사실이었다. 네일 숍이 문 열 시간은 아니었다.

창밖에는 희붐하게 날이 밝아오기 시작했다. 상복을 입은 채로 차에 시동을 걸었다. 옷을 갈아입을 시간이 없었고 어차피 돌아와서 다시 갈아입어야 했다. 상복은 입었다가 벗었다가 하면 못쓴다는 말을 어디선가 들은 기억도 있었다. 오전 6시 20분. 마음이 다급했다. 여덟 시까지는 줄곧 자는 아이였지만 아이들에게 변수는 항상 존재했다. 러시아워에 걸리면 곤란했다.

목이 타서 장례식장 건너 편의점 앞에 차를 세웠다. 생수와 커피와 담배와 라이터를 샀다. 편의점 앞에서 담배를 피웠다. 사람들이 힐끗거리며 지나갔다. 누군가는 차창에 고개를 빼꼼히 내놓고 나를 쳐다보았다. 상복을 입고 담배를 피우는 여자는 장례식장에 있어야 했다. 장례식장에 있어도 저런 시선들은 분명 있을 것이다. 나는 반쯤 줄어든 담배를 끄고 다시 차에 올랐다.

코너를 돌아 골목을 빠져나가려는데 차들이 꼼짝도 하지 않았다. 두 개의 차선이 하나로 이어지는 구간이었다. 이곳을 지나가야 큰 도로를 만날 수 있었다. 나는 차 헤드를 조금씩 밀어 넣었다. 직진하는 차들이 아슬아슬하게 앞차와의 거리를 당겼다. 나를 끼워주지 않으려는 수작이었다. 나는 계속 밀어 넣었다. 누군가는 나 하나쯤 끼워주겠지. 그러다가 1톤 트럭과 차체가 거의 맞닿을 뻔했다. 트럭 운전석에서 남자가 내렸다. 남자는 내 차로 다가와 창문을 거칠게 두드렸다. 나는 창을 아주 조금 열었다.

"막무가내로 들이대면 어떡해! 이 여자가 아침부터 재수 없게."

여기저기서 클랙슨이 울렸다. 나는 창문을 끝까지 내린 후 말했다.

"그래야 하는 상황도 있어요."

남자는 내 차림새를 보고 놀란 표정이었다. 나는 남자를 똑바로 바라보며 말을 덧붙였다.

"오늘 저보다 재수 없지는 않으실 텐데."

아무 말 없이 자신의 차로 돌아간 남자는 내가 앞으로 들어설수 있도록 기다려주었다. 배려는 어디서 나오는 걸까. 동정? 그거라면 익숙하게 받아온 마음이었다. 배려가 동정에서 비롯된다면 동정은 어디에서 오는 걸까. 나에 대해 아무것도 모르는 사람이 나를 동정할 이유에는 입성만 한 게 없다. 그것 또한 낯설지 않은 시선. 절대 벗어날 수 없는 선입견. 나는 그런 마음들을 합리적으로 이용할 줄 아는 사람이 되었다. 남자가 내준 길을 따라 골목을 빠져나왔다. 운전대를 붙잡고 있는 손을 펼쳐 보았다. 빨간 손톱을 보자 웃음이 났다. 평생 상복을 입고 살면 인생이 좀 편안해질 것 같아서.

속도를 높였다. 130, 150, 160. 올 때와는 달랐다. 그때도 지금도 기다리는 사람이 있었지만, 그때는 죽은 사람이었고 지금은 산 사람이었다.

아이는 곤히 잠들어 있었다.

창고에서 캐리어 두 개를 가지고 나왔다. 작은 가방에 아이의 여름옷들을 담았다. 신발도 담았다. 좋아하는 장난감들도 모조리 담으려다가 애착 인형만 넣어 가기로 했다. 마음 같아서는 짐을 하나도 챙기지 않고 몸만 떠나고 싶었다. 하와이에서는 하와이다운 것들이 필요할 테니까.

인기척에 아이가 깬 모양이었다. 이불에 몸을 비비적거리다가 상체를 일으켜 나를 쳐다보았다.

"엄마 어디가?"

나는 아이의 머리카락과 얼굴을 쓸어주며 말했다.

"아빠한테."

아이가 크게 하품을 했다.

"엄마는 오늘 왜 검은색이야?"

"아빠가 죽었거든."

"죽는 게 뭐야?"

"이제 다시는 만나지 않는 것."

아이는 울지 않았다. 스스로 일어나 화장실에서 소변을 보았다. 칫솔에 치약을 묻히고 양치질을 시작했다.

남편의 재킷들을 뒤졌다. 안쪽 주머니에서 유서 두 개가 나왔다. 역시 내용은 별다른 게 없었다. 너무 우울하다는 내용. 아이를 잘 부탁한다는 내용. 미안하다는 말들. 아마 그가 죽던 날 입

114

고 나간 재킷에도 유서가 있었을 텐데, 그 유서는 조성숙의 손에 있거나 경찰이 가져갔을 것이다. 남편이 진짜 죽을 작정으로 조성숙의 집에 갔다면 그 유서는 진정성이 있을지도 모른다. 그러나 그럴 가능성이 크지는 않았다. 그는 나와 사는 동안 매일 죽고 싶었으니까. 평온과 안전이 확보된 완벽한 가정 안에서 그는 늘 죽고 싶었으니까.

입가에 허연 자국을 남긴 아이가 내게 다가왔다. 내 머리에 꽂힌 핀을 만지작거렸다.

"예쁘다."

"갖고 싶니?"

"응."

"곧 갖게 될 거야."

나는 아이의 옷을 갈아입히고 양말을 신겼다. 마지막으로 여권까지 가방에 챙겨 넣은 후 다시 집을 나섰다. 베이비시터는 오늘부터 오지 않을 것이다. 나는 장례식을 끝낸 후 아이와 함께 하와이에 있는 친정으로 갈 계획을 세웠다. 그건 상복으로 갈아입으면서 결심한, 그러니까 불과 몇 시간 전에 결심한 마음이었다.

이상적인 가정을 꾸리는 게 삶의 목표였다. 그걸 위해서 우선 쌓아야 할 것들이 있었다. 쌓아야 할 것들을 공부하고 만들어가

느라 연애는 뒷전이었다. 훗날 가난한 부모도 무식한 부모도 되고 싶지 않아서 누구보다 애면글면 살았다. 악바리, 독종이라는 별명이 생겨도 그보다 더한 단어로 불리길 바라며 삶에 단 한 번의 요령도 피우지 않고 청춘을 보냈다. 그렇게 만들어놓은 학력과 커리어는 내가 갖지 못한 배경에 가려지기 일쑤였다. 아무리 노력해도 내 힘으로 어쩌지 못하는 그놈의 출신.

남편을 만난 건 우연이 아니었다. 그가 조성숙 때문에 힘들어할 때 그 틈을 비집고 들어간 건 나였다. 남편이 나와 비슷한 꿈을 가진 것으로 보였다. 완벽한 가정. 아이를 원했지만 낳고 싶지는 않았던 나, 자신의 아이를 현명하게 키울 수 있는 여자를 원했던 남편, 우리에게 완벽한 가정은 가능할 거라 믿었다. 도대체 남편에게 부족했던 건 뭐였을까. 조성숙만이 줄 수 있는 게 뭐였을까. 조성숙이 했던 말이 떠올랐다. 그렇게 이어지는 섹스를 경험하면 아무도 벗어날 수 없어요. 그게 뭐였을까.

장례식장에 다시 도착했을 때는 오전 10시가 가까웠다. 그사이 조성숙이 풀려났고 남편의 사인은 자살로 종결될 것 같다고 경찰이 말했다. 자세한 내막은 알려주지 않았다. 전 와이프의 집에서 팬티 차림으로 투신한 남자에게 타살의 흔적을 발견할 수 없었다면, 자살일 수도 있겠지. 죽고 싶었던 사람이 죽어도 되는 곳에서 죽은 것일 수도. 내가 남편에게 만들어주었던 안정적인 가정이 결국 맞지 않는 옷이었을지도. 남편이 자살인지 타살인지는 궁금하지 않았다. 그가 죽었다는 사실만이 중요했다.

빈소 옆 방 안에서 아이에게 상복을 입히고 있는데, 함정희가 슬그머니 들어왔다. 함정희는 애처로운 표정으로 아이의 얼굴을 몇 번 쓰다듬다가 남편의 생명보험에 관해 물었다. 자살이어도 나오는 돈이 있다고 말했다. 역시 사람의 본색은 누군가를 상실했을 때 드러나는 것일까. 함정희는 자신의 집에 압류 딱지가 붙던 순간까지 우리에게 돈 얘기를 하지 않았다. 어렵게 재혼한 동생에게 짐이 되고 싶지 않았을 거라고, 결국 압류 문제를 해결해준 남편이 말했었다.

내게 돈은 중요하지 않았다. 그게 남편이 죽어서 나오는 보험금이라면 더욱 그랬다. 그렇다고 해서 함정희에게 돌아갈 돈은 한 푼도 없을 것이었다.

"보험 관련해서는 몰라요. 변호사가 처리할 거예요."

"그럼 결과가 나오면 알려줘."

"왜요?"

"왜라니? 내 동생인데 당연히 알아야지."

"그 사람이 남기고 간 것에 대해서 알아야 하는 사람은 저밖에 없어요."

함정희의 낯빛이 울긋불긋해졌다. 함정희는 논리적이고 차분한 사람한테 이기는 법이 없었다. 이기지 못해서 늘 목소리만 높였다. 그런 성격은 조성숙과 너무나 닮아서 두 사람이 불붙으면 총만 없었지 전쟁터 같았다고 남편이 말했었다. 그런 함정희가 명색이 고모라고, 아빠 잃은 조카 앞이라고 험한 말은 삼가는 노력이 엿보였다. 하지만 남동생이 결혼을 두 번이나 하고 죽었는데도 아직 자신의 친정 소속인 줄 아는 건 무식한 걸까 뻔뻔한 걸까.

"어쨌든 나중에 얘기해."

함정희가 나간 후 아이를 데리고 화장실에 갔다가 조성숙을 만났다. 빈소에 들어갈 용기는 없었는지 구석 틈에서 배회하고 있었다. 조성숙은 자신의 딸을 보고도 알은체를 하지 않았다. 그 여자에게도 중요한 건 따로 있었다.

"유서를 남겼더라고요."

"그래서요?"

"중요한 내용이 있으니 보셔야 해요."

"관심 없어요."

"이래도요?"

조성숙이 들이민 종이에는 조성숙의 요구사항을 들어주라는 내용이 적혀있었다. 아이를 그녀에게 돌려주라는 문장까지 읽었다. 어떤 경로로 쓴 유서인지는 모르겠지만 남편의 필체가 맞았다.

"아이를 키우시게요?"

나는 조금 비아냥거렸다.

"아이 아빠가 죽었으니 아이를 데려가고 양육비를 총합해서 받아야겠어요. 우리 몫의 보험료도요."

"소송하세요."

"뭘 그렇게까지 해요. 죽은 남편이 남긴 유언인데, 모른 척할 거예요?"

"돌아가세요. 당신이 있을 곳이 아니잖아요."

"소송하라면 못 할 줄 알아?"

"하시라고요."

"나쁜 년. 그러니 남자가 마음을 못 잡고 우리 집에 드나들었지. 잘난 집안 딸이라고 고고한 척, 깨끗한 척했겠지만 함재훈은 날 그리워했어. 내 몸을. 너만 없었으면 우린 재결합하고도 남았어."

아무 말도 하고 싶지 않았다. 피곤한 이유도 있었지만 조성숙이 나와 싸워 이길 만한 처지가 아니었다. 상복 입을 자격이 없는 여자가 죽음의 현장에 있었다는 건 누가 봐도 불리한 입장이었다. 조성숙은 그걸 아는 사람이라 말이 많은 것이다. 불리한 사람은 성급하고 말이 많다. 유리한 쪽은 쓸데없는 말로 속내를 보일 필요가 없다. 내가 지금 가져야 할 태도는 남편을 잃어버린 여자다운 슬픔을 머금고 나를 향한 시선을 향해 애도를 연기하는 것뿐이었다.

장례식장이 분주해지자 조성숙은 사라졌다.

남편의 어머니인 고달자가 왔다. 황망한 몸짓으로 입구에 들어선 고달자는 신발을 벗자마자 방바닥에 엎어져 통곡을 했다. 내 새끼, 불쌍한 내 새끼, 여자 잘못 만나서, 착하고 착한 내 새끼…… 고달자가 애달픈 울음소리와 함께 내뱉는 말들은 이해할 만했다. 아들의 죽음을 마주한 여자가 곡하는 모양새는 문상객들의 눈시울을 자극했다. 고달자는 방바닥을 두드리며 몸을 비틀었다. 잠깐 까무러치는 행동도 잊지 않았고 그때마다 가족들이 그녀에게 달려들었다.

고달자가 상복 입은 주은이를 발견했다. 고달자가 주은이를 향해 두 팔을 벌리자 나는 주은이의 등을 살짝 밀어주었다. 고달자는 주은이를 부둥켜안고 울었다. 내 새끼, 불쌍한 내 새끼, 이 어린 것이 이런 옷을 입고, 복도 없는 내 새끼……. 주은이가 불편한 표정으로 고달자의 품에서 벗어나려고 바둥거렸다. 나는 조심스럽게 다가가 고달자의 품에서 아이를 해방시켰다. 그때 고달자는 나를 처음 발견한 모양이었다. 이 여우 같은 년, 내 새끼 사업도 다 빼앗고, 멀쩡한 남자를 집안 살림이나 부리고, 이 죽일 년, 이제 손주까지 훔쳐 가려고⋯⋯. 뿌질뿌질 울화가 치민 고달자가 주은이의 한쪽 손을 붙잡아 당겼고 나는 그 손을 뿌리치려고 했고 결국 주은이가 울음을 터트렸다. 사람들 시선이 화살촉처럼 뾰족해지는 걸 느꼈지만, 나는 딸아이를 지켜야 했다.

조성숙은 남편의 발인이 끝날 때까지 나타나지 않았다. 남편의 가족 눈에 띄면 머리채가 남아나지 않을 거란 걸 본인도 아는 것이다. 장례식이 시작되기도 전에 내게 요구사항을 말해두었으니 내가 그것을 들어주지 않으면 지속해서 연락하거나 협박을 일삼을 여자였다. 그러나 법적으로 받아낼 수 있는 돈은 없었다. 조성숙은 세상 사람들 모두 죽은 남편 같은 줄 알거나, 떼쓰고 협박하는 게 아무에게나 통하는 줄 아는 것 같았다. 나는 죽은 남편의 전 부인을 상대로 고민할 문제가 하나도 없었다. 돈 때문에 친권까지 포기했던 여자와 상대할 가치가 어디 있단 말인가.

발인이 끝나고 상복을 반납한 후 고달자에게 말했다. 아이와 함께 하와이로 가겠다고. 기력이 다 빠져나간 고달자는 순순히 허락했다. 허락이 필요한 건 아니었다. 시기상조 같기도 했지만 지금 말해야 할 것 같았다. 남편의 가족을 다시 보고 싶지 않았다. 고달자의 고분고분한 태도는 이미 예상했었다. 말로는 내 새끼, 내 새끼, 하지만 주은이를 맡아 키울 자신은 없을 것이고 그렇다고 주정뱅이 조성숙에게 아이를 맡기는 것도 마땅치 않으니 내가 어디로 데려가서 키우든 반대할 수 없는 입장이었다.

"그래, 한국보다 하와이가 낫겠지. 거기에 에미 친정 식구들이 있으니까 주은이한테 가족도 생길 테고, 친정이 잘산다고 하니까 애 교육도 잘 시킬 테고, 훨씬 낫겠지."

고달자는 마치 주은이를 위한 어쩔 수 없는 결정이라는 듯 말했다. 피 한 방울 안 섞인 내가 당신 손주를 데리고 타국에 가서 살겠다고 하는데 고민하는 기색도 없었다. 핏줄 타령은 자신에게 득이 될 만한 게 있을 때만 들이대는 무기였다.

내 친정을 들먹이는 건 결혼 전부터 그랬다. 걸핏하면 조성숙과 비교하면서, 조성숙의 집안과 비교하면서 나를 며느리로 앉히고 싶어 했다. 그렇다고 조성숙의 집안이 최악인 건 아니었다. 춘천에서 닭갈비 매장을 운영하는 부모님과 중학교 교사로 재직 중인 여동생이 있었다. 적당히 평범한 집안이었지만 내가 들려준 나의 집안과는 확연히 차이가 났고 그래서 고달자는 나를 탐했다.

"그래도 사위가 죽었는데 너희 부모님은 오지도 않고. 결혼식

때도 코로나 때문에 못 왔는데, 너무 냉정하구나. 지금은 비행기를 탈 수 있을 텐데. 하기야 딸 시집보낼 때도 안 왔는데 과부된 거 보러 오겠어. 못 오지. 하와이가 멀기도 멀고. 얼마나 멀어?"

고달자는 얼마나 멀어, 를 말하며 함정희를 쳐다보았다. 함정희는 이맛살을 찌푸렸다. 몰라서 그러는 건지 대답하기 싫은 건지 인상만 썼다. 고달자와 나의 대화에, 주은이를 데리고 하와이로 가겠다고 말하는 상황에 함정희가 끼어들지 않는 건 의외였다. 그렇지. 다들 아는 거였다. 주은이를 맡을 사람은 나밖에 없다는 것을. 막상 본인들이 어떤 책임을 떠안게 될까 봐 꼬랑지를 내리는 것이었다.

고달자의 질문에 대답은 내가 했다.

"항공으로 아홉 시간쯤 걸려요."

내 말에 고달자가 고개를 끄덕이며 말했다.

"그렇지? 멀긴 멀어."

나는 하와이에 한 번도 가보지 못했다. 그곳에 아는 사람도 없다. 서류상으로 나는 가족이 없었다. 조실부모라도 너무 조실이라 기억나지도 않지만 들은 바에 의하면, 사내도 아니고 계집애라 친가에서는 외면했고, 신혼부부였던 이모네가 맡아서 키우다가 자신의 아이가 생기자 내다 버렸다고 했다. 그래도 양심은 있었는지 어린이날과 생일날에는 선물을 보냈다고 했다. 그마저도 몇 년 가지 못한 죄책감. 피를 나눈 가족이었지만 이촌이 남긴 어린 삼촌에게는 정이 채 들지 못했던 모양이었다. 나는 교회 복지관에서 자랐다. 부지런하고 책임감 강하고 말이 없는 아이로. 거짓말을 진짜처럼 할 줄 아는 아이로.

남편과 그의 가족을 속이는 건 쉬웠다. 내게 이미 호감을 느끼고 있는 사람들은 드러나지 않는 배경을 의심하지 않았다. 온화하게 살아온 듯한 미소를 지을 줄 알고, 단정한 옷차림과 예의 바른 말투는 이상적인 가정에서 자랐을 거라는 추측을 상대가 먼저 하게 만들었다. 그런 조건을 만들어내는 건 식은 죽 먹기였다. 만약 내가 복지관에서 자란 고아라는 사실을 알았더라면 남편도 그의 가족도 나에게 기죽어 살지 않았을 것이다.

존재하지 않는 것들이 너무도 쉽게 내 삶의 이정표를 바꾼다는 걸 나는 일찌감치 깨달았다. 그래서 죄책감도 없었다. 내가 어떤 환경에서 자랐든, 지금 내가 가진 것이 무엇이든 사람들이 바라보는 건 나인데, 어째서 나는 내 배경에 의해 사랑받을 수도 천대받을 수도 있다는 말인가. 그건 그런 사람들 잘못이라고, 내 잘못이 아니라고, 첫사랑을 잃었던 날 뼈저리게 느꼈다. 그때부터 나는 유령 가족을 만들었다. 내가 만든 나의 가족은 하와이에 살기도 했고 중국에 살기도 했고 캐나다에 살기도 했다. 부모님의 직업은 사업가였다가 교수가 되기도 했고 자매가 생겼다가 남매가 되기도 했다. 오늘까지 내 가족은 하와이에 살았고, 부모님은 사업가였고, 나에게는 오빠가 있었다. 이제 그들은 사라져도 좋을 시간이 왔다.

요셉이 찾아온 건 발인하는 날이었다. 장지까지 동행해주었고 모든 장례가 끝날 때까지 차에서 기다리고 있었다. 그는 우리 회사의 자문 변호를 맡은 사람이었다. 같은 복지관에서 자란 우리는 복지관의 자랑이었다. 내가 대학원을 졸업한 직후에 요셉은 변호사가 되었다. 우리는 우리가 선택하지 않은 조건들 때문에 억울하게 살고 싶지 않아서 악착같이 공부했다. 내가 하와이 출신이라는 거짓에 신뢰를 얻게 해준 일등 공신도 바로 요셉이었다. 때로 내가 괴로워할 때마다 요셉은 말했다. 그렇게 하지 않으면 사랑받기 힘든 사람들도 있다고. 우리가 있는 그대로 사랑받기 힘들다면 그건 우리 잘못이 아니라고. 우린 사랑받기 위해 고군분투하지 않았느냐고. 우리는 서로에게 연민만 있었고 연인이 되어줄 생각은 하지 못했다.

나는 유일하게 나를 이해해주는 요셉에게 위로를 받으면서도 사랑받고 인정받기 위해 처절하게 몸부림쳐야 하는 삶이 고달팠다. 알고 보면 유령 가족은 누구에게나 있었다. 사람들은 멀쩡하게 살아있는 가족을 두고 유령 가족을 들먹이기도 했다. 몇십 년, 몇백 년 전에 죽은 조상을 내세워 자기 집안을 과시하곤 했다. 지금 생각하면 그게 얼마나 물색없는 짓인가 싶지만, 실제로 조상이 스펙이 되기도 했던 시절에 나는 청춘을 살라 공부만 했다. 그러나 매번 그들에게 지고 말았다.

남편은 요셉을 그리 좋아하지 않았다. 사업적인 판단을 너무 쉽게 한다고 말했다. 완전히 틀린 말은 아니었지만 요셉이 고아라는 사실을 남편도 알고 있었기 때문에 모든 말들이 거슬렸다. 결혼과 이혼을 일 년 안에 끝낸 요셉은 성격이 급하긴 했다. 요셉이 만들어낸 가족이 존재하지 않는 유령 가족이라는 걸 알게 된 요셉의 아내가 요셉을 상대로 소송을 걸었다. 요셉은 무릎 꿇고 빌지 않았다. 사과도 하지 않았다. 요셉의 아내가 소송을 취하하고 협의이혼을 선택한 것은 그동안 요셉이 너무 잘해줬기 때문이었다. 요셉은 내가 봐도 완벽한 남편이었다. 그러나 사람으로서 아무리 완벽해도 완벽한 가족이 없다면 완벽한 게 아니었다.

내가 남편의 장례를 치르는 동안 요셉은 법적인 문제들을 처리해주었다. 남편의 사망신고, 집을 처분하는 일, 보험과 관련된 것들을 전부 맡아 해결했다. 주은이와 나의 하와이행 항공권도 준비해주었고 하와이에서 지낼 집도 계약한 상태였다. 나 혼자서는 가능하지 않았을 일이 며칠 만에 일사천리로 진행되었다. 사업은 하와이로 본사를 옮길 계획이어서 도착하자마자 만날 사람들이 많았다.

내가 주은이의 손을 잡고 장례식장 밖으로 나오자 우리를 발견한 요셉이 차에 시동을 걸었다. 보는 눈이 많아서 서로 시선을 주고받지는 않았다.

"내 새끼 잘 부탁한다, 에미야. 사돈한테도 안부 전하고. 도착하면 연락할 거지?"

함정희의 손을 붙잡고 장례식장을 빠져나온 고달자가 핍진한 얼굴로 말했다. 빈말을 할 수는 없어서 나로서는 마지막이 될 인사를 했다.

"걱정하지 마세요. 건강 잘 챙기시고요."

고달자는 주은이에게 따로 작별 인사를 챙기지는 않았다. 그건 함정희도 마찬가지였다. 이미 정 떼려는 마음으로 가득해 보였다. 다행이었다.

요셉의 차가 먼저 출발했고 나도 주은이를 태워 공항으로 향했다.

공항 입구에서 한 남자가 기다리고 있었다. 차를 처분해줄 사람이었다. 남편의 차였지만 처분할 수 있는 사람은 나밖에 없었다. 요셉은 차를 처분한 후 수화물까지 해결하고 우리가 있는 라운지로 왔다. 별다른 말은 없었다. 무슨 말이든 지금 하지 않아도 괜찮았다. 아무래도 비행기가 뜨기 전까지는.

요셉이 내게 비닐봉지 하나를 건넸다. 경찰에게 받은 남편의 유품이라고 했다. 비닐봉지 안에는 휴대폰과 하얀 종이가 몇 개 들어있었다. 남편의 지긋지긋한 유서인 것 같았다. 이걸 내가 꼭 받아야 하느냐는 질문에 요셉이 대답했다. 그것도 자신이 처리해주겠다고. 뭐든 말만 하라고. 그래도 안 보기는 찜찜해서 종이 하나를 펼쳤다. 늘 보아왔던 일기 같은 유서들. 그 속에 눈에 띄는 글귀가 있었다. '나는 늘 당신에게 열등감을 느껴야 했고'라는 부분이었다. 그가 나에게 열등감을 가지고 있는 줄은 몰랐다. 그게 나라는 사람을 향한 열등감이었을까, 내가 만든 유령 가족 때문에 생긴 열등감이었을까. 어느 쪽이든 내게 열등감을 느껴서 밤마다 조성숙을 찾아갔다는 건 변명이고 비약이었다.

비행기에 탑승해서 주은이를 앉히고 안전벨트를 매주었다. 나도 자리에 앉았다. 주은이의 손을 꼭 붙잡았더니 그 손 위로 다른 손이 얹혔다. 비로소 편안한 표정의 요셉. 그의 손길에서 느껴지는 다짐 같은 것. 이를테면, 좋은 남편이 되겠다거나 이상적인 가정을 꾸려보자는 얘기들이 느껴졌다. 이제 주은이에게는 진짜 하와이에 사는 부모가 생길 것이었다. 서로 다른 혈액을 가진 우리는, 모두 부모에게 버림받은 우리는, 지긋지긋하고 허망한 핏줄 관계에서 벗어나 완벽한 가정을 꾸릴 것이다.

수면제 한 알을 삼키고 휴대폰을 비행기 탑승 모드로 바꾸려고 하는데 조성숙한테 전화가 왔다. 나는 아예 전원을 꺼버렸다. 결국, 아무것도 갖지 못한 조성숙. 남편을 죽였는지 죽게 만들었는지 본인만 알고 있을 진실. 진실? 그런 건 중요하지 않았다. 살다 보면 진실이 중요하지 않을 때가 훨씬 많다는 것을, 숨겨야 할 진실로는 어떤 협박도 할 수 없다는 것을 곧 알게 될 조성숙. 그녀의 발광하는 모습이 파름한 하늘 아래로 낙하하는 걸 바라보며 나는 마침내 잠들고 있다.

입금하는 사람

월세 내는 날이다. 보증금 오백, 월세 사십만 원. 월세 내는 날을 잊어버려 연체될 경우, 혹시 모를 집주인의 전화가 두려워서 매달 같은 날짜에 알림을 해놓았다. 강박이라 말하지 않겠다. 서로를 위한 배려일 뿐. 카카오뱅크에 접속한다. 고덕순에게 사십만 원이 날아간다. 휴대폰 화면 상단에 카톡과 뱅크 앱이 동시에 뜬다. 통장의 잔액 팔십육만 원을 거듭 확인시켜준다. 새벽 두 시다.

굳이 새벽에 월세를 이체하는 이유는 내가 새벽 두 시에 이사를 왔기 때문이다. 갑을관계에서 갑으로부터 연락을 받지 않을 가장 좋은 방법은 을에게 전화를 걸어야 할 빌미를 주지 않는 것이다. 나는 정확히 한 달이 채워진 시각에 월세를 지급하고 있고, 도시가스나 전기요금, 건물 관리비 등을 연체한 적이 없으며, 우편함 역시 부지런히 비워놓고 분리수거도 철저하게 한다. 계약 기간이 만기 되어 이사해야 할 상황이 오기 전까지 집주인과 나는 대면하거나 통화를 해야 할 이유가 없는 것이다.

고작해야 일곱 평 남짓한 원룸이지만 집을 구할 당시에 다섯 평도 안 되는 원룸을 수없이 구경했다. 금이 가거나 빗물로 얼룩진 외관에 실내의 낡음 또한 말할 필요 없는 '해피하우스' 201호. 이 집을 소개해준 공인중개사는 '고객님 조건에 딱 맞는 집이에요. 그 금액으로 반지하가 아닌 빌라를 구하는 건 힘들죠'라고 말했다. 틀린 말은 아니었다. 내가 가진 보증금과 매달 감당할 수 있는 월세는 반지하, 고시원만이 선택지였다.

새벽 세 시가 다 되어가는데 사람이 흐느끼는 소리가 들린다. 남자인지 여자인지 모르겠지만 어쨌거나 301호에서 나오는 울음이다. 언젠가 301호 창가에서 현장 작업용 워커가 햇볕에 널린 걸 본 적 있었다. 분명 숨죽여 흐느끼는 소리인데도 그 반복되는 음률은 벽을 타고 내려와 내 집에서 그대로 울려 퍼진다. 한 달에 한두 번은 꼭 이런 날이 있다. 한동안 흐느끼나 싶더니 욕을 하다가 뭔가를 깨트리기도 하고 난리다. 그러다가 현관문을 쾅 닫고 나가버린다. 도어체크가 없는 현관문을 배려 없이 여닫으면 건물 전체에 굉음이 울린다. 굉음과 동시에 건물을 할 퀴던 울음도 싹둑 끊기고 이내 새벽에 어울리는 진공상태로 돌아간다. 그제야 새벽다워진다.

나는 시끄럽고 비린 새벽을 맞으며 성장했다. 동네마다 오일장이 열리는 날이면 부모님은 얼어붙은 생선들을 트럭에 싣고 돌볼 사람이 없는 나도 실었다. 아버지는 장터까지 운전하면서 어린 나에게 부질없는 희망을 묻곤 했고 나는 나름 창의적인 대답을 했었다.

"나중에 커서 뭐가 될래?"

"아침에 출근하는 사람이 될래요."

그러나 나는 지난 삼 년간 위탁으로 운영되는 천문대 매표소로 밥벌이를 갔다. 물론 별이 잘 보이는 밤이었고 나는 밤을 좋아했지만 딱히 별을 좋아한 건 아니었다. 어릴 적에 교대성 외사시로 진단받았으나 시력장애라든가 복시 현상은 없었다. 사시는 기능상의 문제로 단정했다. 장애인처럼 보이지만 장애인으로 등록할 수 없었다. 그런 사람은 취업하기가 애매했다.

날씨에 따라 들쑥날쑥한 월급에 불만은 없었다. 천문대에 이력서를 넣기 전에 아이 테라피라는 걸 알게 되었는데, 그건 망원경으로 별을 보는 것과 비슷하다는 글을 보았다. 그래서 아이 테라피 대신 천문대를 택했다. 비싼 비용 때문만은 아니었다.

집만큼 직장 선택지 역시 많지 않았다. 천문대 일은 적성에 잘 맞았다. 표 끊어주고 안내해주고 앵무새처럼 같은 말만 반복하면 되는 거였다. 무엇보다 나는 어둠 속에 있어야 안정을 찾는 사람이기도 했다.

동이 터올 무렵에야 잠이 들었는데 어김없는 소음에 뒤척이다가 결국 잠이 달아나고 말았다. 다다다다, 도마에 칼질하는 규칙적인 소음을 견디고 나니 자지러지는 믹서 소리에 결국 이불을 박차고 일어나야 했다. 제기랄! 바로 옆 202호에는 동남아 어디쯤에서 날아온 노동자들이 단체로 기거 중이다. 서너 명쯤이 사는 것으로 추측되는 202호에서는 주말 오전 열 시 무렵이되면 식사를 준비하는 소리가 얇은 벽을 타고 스며들어 온다. 그들의 음성이 들린다. 어느 나라일까. 도대체 어느 나라에서 저렇게 칼질을 많이 하는 집밥을 먹는 것일까.

잠이 달아난 나는 일어나 방에 있는 창을 모두 열어젖혔다. 익숙한 냄새가 빠져나가고 새 냄새가 들어온다. 하늘도 건강하고 날씨도 좋은 걸 보니 오늘은 별이 잘 보이겠다. 창밖을 휘둘러보고 있는데 앞 건물 동층의 창문이 거칠게 닫힌다. 나도 아무렇지 않게 창문을 반쯤 닫고 블라인드를 내린다. 싱크대 옆으로 난 창으로 가서 아래를 본다. 오늘도 역시 무단 투기 쓰레기로 공터는 엉망이다. 넥워머를 눈 밑까지 뒤집어쓴 이가 쓰레기 더미 사이를 헤집으며 소주병을 주워 담고 있다. 오늘도 바깥세상은 변함없지만 그동안 미뤄온 일을 해야 하는 날이다. 벽과의 싸움이랄까.

한 손으로 벽을 밀어내며 다른 한 손으로 벽지를 뜯어내려고 안간힘을 썼다. 얼마나 오랜 세월 붙어살았는지 제 몸이 찢어질지언정 떨어지지 않으려고 발악을 하는 듯 보였다. 결국, 흉하게 갈기갈기 찢어진 벽지는 바닥에 얌전히 쓰러졌다. 반은 끝났을 거로 생각했는데 예상치 못한 일이 기다리고 있었다. 벽지를 뜯어내고 보니 차마 입을 다물지 못할 만큼 장대한 곰팡이 숲이 드러난 것이다. 그동안은 커튼 뒤에서 깜빡이는 텔레비전 화면처럼 곰팡이가 있다는 것만 눈치챘을 뿐이었다. 그것도 모서리 쪽으로 아주 조금의 면적이었다. 그저 벽지만 갈아치우면 그만일 거라고 단순하게 생각하고 시작한 일이었다. 나는 작업을 멈추고 선글라스를 집어 들었다.

동네 마트를 몇 군데나 들러서 겨우 곰팡이 제거제를 구했다. 현재 기생한 곰팡이를 없애는 스프레이와 앞으로 새로운 곰팡이가 발생하는 것을 막아줄 스프레이 두 가지가 있기에 고민 없이 두 가지를 모두 구매했다. 그 벽을 봤다면 누구라도 망설이지 않고 모든 스프레이를 샀을 것이다. 사야 할 생필품이 한둘이 아니었지만 벗겨놓은 벽지와 곰팡이 숲이 떠올라 지체할 수가 없었다. 곰팡이가 스멀스멀 기어 내려와 온 집안을 헤집고 다닐 것만 같았다.

돌아오는 길에 '해피하우스' 건물을 유심히 살펴보았다. 1층은 필로티 구조의 주차장, 2층에서 3층까지는 원룸, 4층은 주인집이다. 오른쪽의 '파랑새'도 왼쪽의 '은하수'도 모두 같은 색깔, 같은 크기, 같은 구조의 원룸 건물이다. 해피하우스 건물을 올려다보며 사방을 천천히 빙 둘러보았다. 내 방 창문이 있는 건물 코너 옆으로 배관이 길쭉하게 연결되어 있다. 미처 땅에 닿지 못한 배관 끄트머리에서 물방울이 뚝뚝 떨어지는 모습을 한참 동안 쳐다보고 있었다. 물방울은 배관에서만 떨어지는 게 아니었다. 배관이 매달린 코너 벽, 결로에서도 떨어졌다. 건물의 문제라면 다른 세입자들을 통해 집주인 귀에 들어갈 것이다. 그때까지만 해도 별다른 생각이 들지 않았다.

집에 들어서자마자 서둘러 작업을 시작했다. 이왕 이렇게 된 거 속속들이 청결한 집에서 살아보자, 오기가 생겼다. 팔을 걷어붙이고 이미 기생한 곰팡이를 없애준다는 스프레이를 과감하게 난사했다. 곰팡이가 있는 부분에만 파랗게 색이 변하면서 몽골몽골 거품이 맺히기 시작했다. 오호, 신기했다. 시각으로 확인되는 결과물은 언제나 명백하고 거짓이 없다.

설명서대로 벽을 닦아낸 후 곰팡이를 예방해준다는 스프레이를 뿌렸다. 마치 화석처럼 곰팡이가 거기 있었다는 실루엣 정도만 얼룩으로 남았다. 곰팡이가 정돈되고 보니 벽을 칼로 찢은 것 같은 결로가 확연히 드러났다. 나는 결로의 위치를 따라 딱풀을 발랐다. 별다르게 할 게 없었다. 벽이 마른 후 새로 사둔 스티커 벽지를 발랐다. 처음부터 그랬다는 듯 아무 일 없는 표정으로 벽은 그렇게 옷을 갈아입고 서있었다. 지중해 빛깔의 벽지가 시원하고 깨끗하게 느껴졌다. 원룸 이름에 딱 어울리는 빛깔이다. 적어도 이 집에 사는 동안은 저 벽지가 주는 상쾌함을 만끽하리라. 나는 이제 그럴 만한 자격이 있으니까.

곰팡이가 처음부터 보인 것은 아니었다. 방을 계약할 당시에는 물론이고 두어 달을 살아도 별 낌새는 보이지 않았다. 세 번째 월세를 보냈던 날, 202호에서 들리는 날랜 칼질 소리에 신경질적으로 벽을 두드리다가 처음 보았다. 마치 하얀 셔츠에 스며든 커피 자국 같은 곰팡이. 그것은 자고 일어나면 아주 조금씩 몸집을 불려 나갔다. 절대 궁금해하지 않으리라 다짐하며 애써 외면한 지 며칠 되지 않아 나는 민둥한 그 실체를 마주하게 된 것이다. 긴 시간 환기를 시키지 않으면 곰팡내가 밥알 속까지 잠입하곤 했다.

고향 집에는 늘 비린내가 진동했다. 냉장고에서도, 옷장에서도, 교과서에서도 비린내가 났다. 부모님은 추운 겨울에도 보일러를 일절 돌리지 않으셨다. 생선 때문이었다. 생선은 냉동고에만 있는 것이 아니었다. 계절에 따라 집 곳곳에는 마른 명태가 주렁주렁했고 말린 과메기가 제 냄새를 풍기며 매달려 있었다. 집 안은 언제나 한기와 비린내가 가득했다.

나는 눈알 병신, 생선 눈깔이라는 놀림을 받으며 자랐다. 태어나서부터 한쪽 눈동자만 오작동이었다. 확연히 티가 나는 외사시에 교정도 힘든 상태였다. 그러다가 번갈아 바뀌는 교대성 외사시로 발전했다. 사람들은 타인의 오점을 잘도 찾아냈다. 가까스로 버티어 손에 넣은 고등학교 졸업장과 함께 나는 서울로 왔다. 비린내와 놀림으로부터 야반도주를 할 때 수중에는 어머니의 낡은 가방에서 훔친 돈 오십만 원이 있었다. 나는 그 돈으로 고시원에 들어갔다. 어머니는 분명히 알았을 텐데 내가 들고 튄 돈에 관해 함구했고 나는 일 년 후 어머니의 돈을 갚았다. 어머니는 고맙다고 했다. 훔친 돈을 돌려준 아들에게 고맙다고 했다. 그런 부모가 안쓰럽기는커녕, 고맙기는커녕, 미안하기는커녕, 울화만 치솟았다.

'해피하우스'는 내 힘으로 처음 얻은 원룸이었다. 원래는 바로 앞에 있는 '은하수'라는 원룸에 들어가고 싶었다. 은하수는 별들의 강이다. 은하수는 혼자가 아니다. 하나의 별이 아닌 수많은 별의 집단을 일컫는 말이다. 별의 집단이라니, 이 얼마나 매혹적인가. 그러나 늘 그렇듯 마음에 드는 집은 돈이 허락하지 않았다. '해피하우스'는 '은하수'에 비하면 낡고 낮은 건물이었지만 이만하면 괜찮았다.

내 힘으로 처음 마련한 보금자리. 다시는 곰팡이 따위가 침범하도록 내버려 둘 수는 없다. 나는 새 벽지를 바른 곳을 매일 관찰하고 자주 환기를 시켰다. 그리고 여름철에도 가끔 난방을 해주었다. 어떤 냄새도 용인할 수 없는 공간이었다. 방향제도 자극적이어서 싫고 비누나 샴푸 냄새도 싫다. 그저 멸균실 같은 창백한 냄새가 좋다. 그런 공간이어야 내 몸에 기생하던 비린내가 완벽하게 살균될 것 같았다. 벽지를 교체하고 나서야 겨우 마음이 편안해졌다.

처음으로 집주인 여자에게 전화가 왔다. 거의 일 년 만이었다. 계약 만기를 앞두고 어떻게 하겠냐는 용건이었다. 나는 다행히 올해도 재계약을 한 천문대와 조금 더 가까운 원룸 '행복빌'을 이미 봐두었다. 월세는 동일한데 보증금을 이백이나 더 내야 한다. 그렇지만 '해피하우스'보다 내외관이 잘 빠졌고 편의시설도 좋다. 무엇보다 출퇴근이 가까워 여러모로 이득인 셈이다.

"계약대로 계약 기간 마지막 날에 짐을 뺄 테니 보증금을 그날 돌려주셨으면 좋겠어요."

주인 여자는 알겠다고 말했고 별일 없이 통화는 종료되었다.

짐을 다 빼고 주인 여자에게 전화했다. 방을 정리하고 나왔으니 보증금을 보내달라고 말했다. 주인 여자는 알겠다고 말했는데, 알겠다는 말이 돈을 보내주겠다는 말이 아니라 단순히 네 말을 알아들었다는 뜻이었다는 것을 나중에야 알았다. 몇 시간쯤 지나 주인 여자에게서 전화가 왔다.

"총각, 집을 그렇게 엉망으로 쓰고 가면 재정비하는 데 돈이 얼마나 드는 줄 알아? 담배를 얼마나 피워댔는지 화장실 환풍구는 시커멓고 냉장고에 서리도 앉았고, 심지어 벽에 곰팡이까지 만들어놨어. 멀쩡했던 집을 말이야."

나는 기겁을 했다. 일평생 담배를 피워본 적 없었다. 게다가 곰팡이를 만들다니! 심호흡한 후 주인 여자에게 차근차근 설명하려고 했다. 이사 간 지 얼마 되지 않아 곰팡이가 생겼는데 그때는 계절상 곰팡이 생길 시기가 아니라고, 범위가 그리 넓지 않아서 혼자 곰팡이를 제거하고 벽지까지 새로 발랐다고, 그런데 또 생기고 또 생기고 하더라고, 그래서 외벽을 살펴보니 결로가 있더라고, 이건 생활자의 잘못이 아니라 부실 건축이 원인이라고.

그러나 내가 계절상 곰팡이 생길 시기가 아니라는 말까지 했을 때, 주인 여자는 짜증을 내며 말을 댕강 잘라버렸다. 곰팡이가 계절 봐가며 피느냐, 됐고, 보상을 해줘야겠다, 고. 그래서 나는 얼마면 되느냐고 물었다. 입금해야 하는 처지는 언제나 비굴했다.

"보상이라면 얼마를 말씀하시는 겁니까?"

"벽지값만 팔만 원에 인건비가 오만 원이야. 화장실이랑 냉장고 청소도 하면 인건비가 더 들어갈지도 모르는데, 총각 사정을 내가 아니까 그것만 받을게."

여자는 대단히 선심 쓰듯 말했지만 십삼만 원이라니 말도 안되는 소리였다. 나는 약간 고조된 목소리로 말했다.

"혼자 벽지 바를 때 오만 원도 안 들었어요."

그랬더니 더 앙칼진 여자의 목소리가 돌아왔다.

"싸구려를 발랐으니 곰팡이가 자꾸 핀 것 아니야!"

뭐라고 대꾸해야 좋을지 생각나지 않아서 나중에 다시 전화하겠다고 말한 뒤 내 쪽에서 전화를 끊었다. 흥분한 나는 만난 지십 년도 넘은 사촌 동생에게 전화를 걸었다. 세무사 일을 하는, 우리 집안에서 제일 번듯한 직장에 다니는 녀석이었다.

"형이야. 너 그 여자 아직 만나? 법률사무소에 다닌다던?"

나는 다짜고짜 질문부터 했다. 당황할 수밖에 없겠지만 내 사

정을 설명할 시간이 없었다. 한참 동안 가만히 있던 사촌 동생
은 한숨을 내쉬며 말했다.

"그 여자가 언제 여잔데 지금 얘기하는 거야. 나 작년에 간호
사랑 결혼한 거 몰라?"

아, 그러고 보니 결혼한다는 말은 들은 것 같다.

"그럼 혹시 주위에 법률 쪽에 일하는 사람 없어?"

"없어. 그리고 결혼식에도 안 오더니 형한테 문제가 생기니까
전화하는 건 이기적이지 않아? 바쁘니까 끊어."

어차피 결혼식에 내가 참석해봐야 반기지도 않았을 게 뻔했
다. 전화는 무심하게 끊겼고 더 이상 전화할 사람이 없었다. 삼
십 년을 살았는데 나의 인맥이 겨우 이것밖에 안 되다니, 한심
했다.

의지할 곳이라곤 인터넷 검색밖에 없었다. 겨우 그 돈 때문에
소송을 하려는 생각은 아니었다. 단지 주인 여자에게 해줄 말이
필요했다. 근거와 자료에 입각한 정확하고 명백한 사실을 여자
에게 설명하며 그렇게 살지 말라는 얘기를 꼭 하고 싶었다. 아
니, 그냥 할 수만 있다면 만 원짜리 열세 장을 여자의 얼굴에 뿌
려버리고 싶었다. 고민을 거듭했지만, 역시 억울했다. 다시는
나와 같은 피해자가 생기지 않길 바라며 내가 할 수 있는 최대
한의 노력은 하기로 했다. 바늘로 벽을 찌른다고 벽이 쪼개지지

는 않겠지만 가만히 앉아서 당하고 싶지는 않았다.

인터넷에 굴러다니는 비슷한 상황들을 살펴보니 대부분 포기하라는 조언들뿐이었다. 누군가는 돈과 시간을 쓰면서 부러 상처받는 일이라고 했다. 그중 결로가 문제라는 증거가 있으면 승산 있다는 글이 눈에 들어왔다. 처음 벽지를 뜯었을 때 분명히 육안으로도 보일 만큼 깊은 결로가 있었다. 그걸 사진으로 찍어 놨어야 했는데 이런 일이 생길 줄을 몰랐으니 자책이 말이 아니었다.

무거운 마음으로 출근을 했다. 구름이 잔뜩 낀 습한 날씨였다. 개점 준비를 하면서도 줄곧 정신은 곰팡이에 가 있었다. 평일 이런 날씨엔 별 보러 오는 사람이 거의 없다. 팀장님 이하 정직원들도 이제나저제나 시계만 보고 있을 날씨다. 휴대폰으로 결로에 대한 자료를 검색하고 있을 때 부팀장님이 매표소로 들어섰다. 평소보다 일찍 입구를 통제하라는 지시였다. 날씨가 영 좋지 못했다. 직원들이 다 빠져나간 후 나는 급하게 폐점을 했다.

결로가 생긴 외벽의 사진을 확보하기 위해 자정이 넘어 해피하우스로 향했다. 새집으로 들어갈 수는 없었다. 집주인이 보증금을 돌려줘야 새집에 잔금을 채워줄 수 있었다. 사정을 들은 새집 주인은 짐을 보관하는 건 양해하겠으나, 계약일은 짐을 보관한 날부터라고 말했다. 마음이 급했다.

해피하우스에 도착했는데 예상치 못한 일이 생겼다. 건물 입구 출입문이 열리지 않았다. 그새 집주인 여자가 도어록 비밀번호를 바꿔버린 모양이다. 설마 내가 올 것을 예상하고 그런 건 아니겠지? 건물 세입자 모두가 함께 쓰는 출입구 비밀번호는 일반적으로 간단하고 외우기 쉽게 설정한다. 나는 1에서 9의 숫자를 가지고 최대한 단순한 네 자리 번호를 입력해보았지만 허사였다.

다시 1001을 시작으로 1009까지 누르고 있는데 뒤에서 익숙한 목소리가 들렸다. 돌아보니 아침마다 내 단잠을 깨우던 202호의 외국인들인 것 같다.

"뭐어냐?"

"뭐어해?"

일면식도 없는 그들이 나를 이상한 놈 보듯 힐끗대기에 옆으로 살짝 비켜주었다. 그들이 누른 번호는 4822.

처음 집을 보러 갔을 때 집주인 여자가 나를 쳐다보던 그 눈빛을 기억한다. 집을 계약하던 날도, 오다가다 스치던 순간들도 여자는 내 두 눈동자를 괘종시계 불알 보듯 이쪽저쪽 대놓고 쳐다보았다. 워낙에 후진 동네에 낡은 건물이라 입주민들도 다양

한 밑바닥 인생들이었다. 그래서 문제를 일으킬 놈인지 관찰하는 줄로만 알았는데 아니었다. 여자는 사시안을 처음 본 거였다. 어찌 됐든 갑자기 화가 치밀어 올랐다. 원래 비밀번호는 8282였다. 누구나 아는 의미의 단순한 숫자였다. 우연일 뿐인데 내 자격지심이 동했다고 한들 화는 쉽게 누그러지지 않을 것 같다.

나는 침착하게 그 빌어먹을 숫자를 누른 후 201호로 향했다. 주인 여자의 요구대로 집을 비우면서 비밀번호를 입구와 같게 8282로 바꾸고 나왔었다. 그러나 예상대로 8282는 열리지 않았다. 혹시나 했던 4822도 열리지 않았다. 주인 여자는 지루한 일상에 마치 재미난 사건이라도 건진 듯 나를 갖고 노는 듯했다.

나는 밖으로 나와 건물 외벽을 관찰했다. 어두워서 외벽의 상태는 잘 보이지 않았지만 1호 라인으로 옥상에서부터 하수관이 연결되어 있었다. 고민할 시간도 없이 나는 301호로 가기 위해 다시 4822를 눌렀다. 301호 앞에 서니 항공모함 같던 작업용 워커가 생각났다. 게다가 자정이 넘은 시간이었다. 벨을 누르기가 망설여졌다. 그때 301호 안에서 흐느끼는 소리가 새어 나왔다. 새벽이면 들리던 익숙한 울음소리였다. 상황이 이쯤이면 망설일 필요도 없이 포기해야 옳았다. 그 순간, 파블로프의 개라도 된 것일까. 나는 재빨리 문을 비켜섰고 문은 거칠게 열리며 끙음을 울린 채 닫혀버렸다. 그 사이로 빠져나간 사람은 남자가 아닌 긴 생머리의 여자였다.

나는 복도 계단 위로 난 창문으로 방금 나간 여자의 동태를 살폈다. 여자는 건물 바로 앞에 있는 공터로 향했다. 새벽에 내 고요를 방해하던 그 소음의 정체, 그 정체의 원인이 남자가 아닌 여자라는 것이 지금의 내겐 오히려 잘된 일이다. 나는 여자를 따라 공터로 향했다. 여자는 낡은 벤치에 앉아 흐느끼고 있었다. 내가 다가가자 흠칫 놀라며 눈물을 닦던 여자가 일어서서 자리를 피하려고 했다. 여자는 내 키를 훌쩍 넘는 장신이었다.

"저기, 잠시만요."

나는 이런저런 사정으로 301호 벽을 좀 살펴보고 싶다는 부탁을 했다. 여자는 말없이 고개를 끄덕이더니 집으로 걸음을 옮겼다.

301호의 현관에는 내가 창가에서 보았던 워커가 가지런히 놓여있었다. 어쩌면 애인이거나, 동거 중인지도 몰랐다. 나는 제일 안쪽 벽으로 향했다. 놓여있던 침대를 조금 움직여 침대 헤드 부분을 살폈다. 역시 벽 아래쪽에서부터 희미한 곰팡이 꽃이 피어나고 있었다. 나는 침대를 조금 더 옮겨서 벽 사진을 찍었다. 그러나 사진으로 선명하게 찍히지 않았다.

"저기, 죄송한데 벽지를 조금 뜯어봐도 될까요?"

나는 막무가내로 부탁을 했지만 여자는 태연히 고개만 끄덕였다. 벽지를 벗기니 제법 그럴듯한 사진이 나왔다. 모서리 부분부터 작은 결로가 생겨, 하수구가 내려가는 부분에 습기가 새어 나오는 것이다.

만족스러운 사진을 얻었지만 벽지를 원래대로 복구하는 난관에 부딪혔다.

"혹시 딱풀 있으세요?"

여자는 고개를 저었다.

"본드 같은 건……."

여자는 또 고개를 저었다.

"저기, 그럼 내일 다시 와서 벽지를 발라드려도 될까요?"

여자는 좀 짜증스러운 표정을 지으며 현관문을 열었다. 그냥 가라는 뜻인가?

"저기, 제가 너무 죄송해서요. 내일 다시 와서……."

여자는 내 말을 자르며 소리쳤다.

"그냥 꺼지라고!"

몰래 새집으로 들어온 나는 사진을 주인 여자에게 전송했다. 새벽이라도 상관없었다. 특히, 비밀번호를 4822로 바꾼 주인 여자에겐 더 무례해지고 싶었다. 몇 분이 지나 답장이 왔다. 그게 그 집 사진이라는 증거가 있느냐고 했다. 그 사진이 맞는다고 한들 그게 건물의 문제라고 어떻게 단정하냐고 따졌다. 곰팡이가 결로 문제라는 전문가의 소견을 받아오라고도 했다.

나는 휴대폰으로 인터넷을 검색했다. 간단히 결로 체크만 하는데도 인건비가 십만 원이었다. 집주인에게 십삼만 원을 주지 않기 위해 십만 원을 들여야 하는 상황이다. 그렇지만 나는 주인 여자의 횡포를 그냥 둘 수는 없었다. 이 나라가 이 모양 이 꼴이 되어가는 이유가 스스로 피해자를 자처하고 권리를 포기하는 사람들 때문이 아니겠는가. 내가 지금 포기하면 또 다른 세입자들이 피해를 볼지도 모른다. 주인 여자가 타인의 돈과 권리를 앗아가며 패악의 여왕이 되도록 두고 볼 수는 없었다.

다음 날 나는 해피하우스 근처의 인테리어 사무실에 오더를 넣어 전문가와 함께 건물을 찾았다. 전문가는 건물 외벽으로는 결로를 찾기 힘들다고 말했다. 나는 집주인에게 전화를 걸어 201호의 비밀번호를 요구했다. 웬일로 집주인은 아무 말 없이 비밀번호를 알려주었다. 전문가는 내가 벽지를 발랐던 부분의 벽을 관찰하기 시작했다. 결국, 결로 문제로 밝혀졌고 전문가는 소견서를 써주기로 했다.

인건비 십만 원과 소견서 발급 비용으로 삼만 원을 지급했다.

나는 소견서를 들고 의기양양해서 주인 여자에게 전화를 걸었으나 여자는 받지 않았다. 여자가 백기를 든 상태라고 생각했다. 명백한 증거를 들이미니까 할 말이 없는 것으로 생각했다. 나는 갑자기 주인 여자의 당황한 얼굴이 보고 싶어졌다. 소견서를 들고 다시 해피하우스로 향했다.

한 번도 가본 적 없는 4층에는 주인 여자와 가족이 살고 있었다. 나는 머뭇거리지 않고 4층으로 직진하리라 다짐했다. 당당히 소견서를 내밀며 내 권리를 주장하고 짓밟힌 자존심에 정중한 사과를 받아낼 것이다. 이깟 작은 건물 하나 가지고 젊은 사람들한테 갑질이나 하는 인간에게 어떤 충고를 해줄까 고민도 했다.

웬일인지 해피하우스 건물 입구 현관은 양쪽 다 활짝 열려있었다. 건물 앞에는 경찰차가 여러 대 있었고 주위에는 사람들이 몰려있었다. 그중에 주인 여자와 딸도 보였다. 내가 주위를 살피며 주인 여자에게 다가가자 경찰관들이 달려들어 나를 붙들었다. 나를 살인 용의자로 체포한다는 말도 안 되는 소리를 했다. 끌려가는 나를 보며 주인 여자는 쯧쯧 혀를 찼다.

301호 여자가 죽었다. 워커의 주인인지 아닌지 모르겠지만 어쨌든 301호에 살던 사람이 죽었다. 경찰서에서 내 앞에 들이

댄 폐쇄회로 화면에는 마치 적절하게 편집이라도 한 듯 내 행적들이 드러나 있었다. 어제 새벽에 해피하우스를 찾아와서 외벽을 두리번대는 모습, 입구 출입문 비밀번호를 수차례 누르고 있는 모습, 301호 여자를 따라 나오는 모습과 나란히 다시 들어가는 모습, 그리고 혼자 건물에서 나오는 모습. 그야말로 말이 필요 없는 용의자의 행적이었다. 여자의 집 현관 손잡이와 심지어 침대에서까지 내 지문이 발견되었다.

"이래도 발뺌이야?"

경찰은 이미 나를 살인자로 취급했다. 내 눈을 빤히 쳐다보며 반말을 해대는 것이 더 자존심 상했다.

나는 어제 새벽의 상황을 수십 번 되풀이해서 진술했다. 집주인 여자와 주고받았던 문자메시지도 보여주었다. 인터넷 검색 내용과 시간도 확인해주었다. 내가 해피하우스로 갈 수밖에 없었던 이유였다. 그러나 내가 내민 증거가 내 발목을 잡았다. 인터넷 검색 기록에는 건물 외벽, 법적 증거, 무료 변호사 그리고 트랜스젠더가 찍혀있었다. 301호를 방문한 후 궁금해서 검색해본 것뿐이었다.

집주인 여자가 경찰서로 왔다. 여자는 내가 일 년 내내 집 밖으로 거의 나오지 않았다고 진술했다. 또 여자는 새벽마다 집세를 부쳐서 이상한 총각이라 여겼다는 말을 덧붙이며 나를 벌레

보듯 했다.

"이 여자가 내 보증금을 돌려주지 않았다고요! 모두 그것 때문이라고요!"

억울한 마음에 혈압이 오르자 왼쪽 눈동자가 제 맘대로 뱅뱅 돌았다.

"저 여자 때문이라고! 저년이 분명히 301호에도 갑질을 했을 거야!"

내 눈을 보던 여자가 겁에 질린 듯 늘어진 턱살을 부르르 떨며 사라졌다.

다음 날 아침 경찰은 사과 한마디 없이 내게 귀가해도 좋다고 말했다. 202호에 살던 외국인 노동자 중 한 명이 범인이었다. 윗집에서 나던 울음소리와 굉음. 옆집에서 나던 칼질 소리. 서로의 소음 문제로 인한 단순한 싸움과 우발적인 범행이었다. 아침마다 나를 깨우던 현란한 칼질 소리가 떠올랐다. 그 소리 때문에 몇 번이나 202호에 항의를 하려다 그만두기도 했다. 등골이 오싹했다. 나는 서둘러 경찰서를 빠져나왔다.

해가 쨍쨍했다. 사람들은 어디론가 바쁘게 들어가고 나가곤 했다. 저 많은 사람 중에 해피하우스 한 채쯤 가진 사람은 몇이나 될까. 햇살을 받으며 망연히 서있는데 문자 알림 소리가 난다. 주인 여자의 이름으로 오백만 원이 통장에 입금되었다. 보증금 전액이었다. 기다렸다는 듯 연이어 문자가 온다. 카드사에서 사십팔만 이천 원을 가져간다. 이동통신사에서 육만 오천 원을 가져간다.

주머니에서 불편하게 꿈지럭대는 종이를 꺼냈다. 십삼만 원을 지급하고 받아온 결로 소견서다. 주인 여자는 소견서를 보지도 않고 보증금을 모두 돌려주었다. 돈과 시간을 쓰면서 부러 상처받는 일이라고 말했던 누군가의 말이 떠올랐다. 애초 집주인 여자의 요구대로 십삼만 원을 주고 공손한 을의 태도를 보이는 게 옳았을까. 적어도 경찰서에 드나드는 일은 없었겠지. 나는 소견서를 갈기갈기 찢어 하수구에 쑤셔 넣었다.

새로 이사 간 원룸 앞에서 주인 남자가 나를 기다리고 있다.

"계약서에 누락된 사항이 있는데 구두口頭 서약이라도 받아야 할 것 같아서 기다렸습니다."

"누락이요?"

"요즘 젊은 사람들이 워낙에 집을 깔끔하게 쓰지 않아서요. 다른 곳은 대부분 청소비를 받는데 저는 지금까지 배려하는 입장이었죠. 근데 올해부터는 아무래도 청소비를 받아야겠어요. 계약이 끝나면 청소비 오만 원을 지급해주셔야겠습니다."

"아…… 청소비. 알겠습니다."

"그리고 잔금은 오늘 입금되는 거지요?"

"네, 바로 입금하겠습니다."

내가 고개를 꾸벅하고 계단을 올라가려는데 주인 남자가 한마디를 덧붙인다.

"나중에 딴말하시면 안 됩니다. 청소비요."

"걱정하지 마세요."

나는 새 원룸 안으로 들어간다. 현관 입구에 바로 화장실이 있고 화장실은 몸을 다 집어넣어야 문이 닫힐 정도로 좁다. 건너편에 있는 작은 창은 앞 건물 어느 집 창과 마주 보고 있다. 키작은 냉장고에는 다행히 냉동고도 있다. 24인치쯤 될 것 같은 텔레비전도 있고 인터넷도 되는데, 감사하게 무료다. 한 칸짜리 싱크대와 한 칸짜리 가스레인지, 그 아래에 동그란 문이 달린 작은 세탁기도 매립되어 있다. 얼마나 많은 사람이 뒹굴었을지 모를 매트리스는 커버를 입히면 새것 같을 것이다.

내가 가져온 거라곤 밥상 겸 책상으로 사용하는 접이식 테이블과 행거, 박스, 박스, 박스가 전부다. 접이식 테이블 다리를 세운다. 테이블 아래로 들어가 건물의 공명을 느껴본다. 위층에서는 청소기 돌리는 소리가 들리고 옆집에서는 변기 물 내리는 소리가 들린다. 멀쩡한 사람들이 사는 건물이다.

통장 잔액은 오십구만 원. 오십, 이라는 숫자를 쳐다보다가 엄마한테 오십만 원을 입금한다. 그냥. 엄마한테 전화가 온다.

"웬 돈을 보냈어?"

"그때 내가 훔친 돈."

"그건 다 갚았잖아."

"빌린 건 갚는 게 맞는데, 훔친 건 갚을 수가 없지."

"그걸 왜 자꾸 기억해. 잊어버려."

"엄마."

"응."

"오십만 원치는 일하지 마. 오십만 원치 생선은 만지지 마."

"그래. 무슨 말인지 알겠어. 김치는 있어?"

"나 이사했으니까 주소 보내줄게."

"집은 괜찮아? 지하는 아니지?"

"2층. 지난번보다 훨씬 비싼 집이야."

"다행이네. 라면만 먹지 말고. 밤에 출근할 때 조심하고."

"응. 다시는 싸우지도 않을게."

"그게 무슨 말이야? 누구랑 싸웠어?"

"벽이랑."

"아이고 놀라라. 또 실없는 소리를 하네."

"그 말을 하고 싶어서. 다시는 싸우지 않겠다는 말."

"그래. 벽이든 뭐든 싸워 좋을 것 없어."

박스에서 라면과 참치 통조림을 꺼내어 싱크대 상단에 집어넣다가 작은 곰팡이를 본다. 개수대 정면에 있는 작은 창에서 들어오는 햇살을 아슬아슬하게 피한 위치다. 이제는 스프레이를 뿌리지도, 벽지를 뜯지도 않을 것이다. 우린 하나가 되고야 말 것이다.

　나는 일어서서 이제 막 탄생한 것 같은 곰팡이에게 다가간다. 행주에 물을 적셔서 곰팡이가 핀 곳에 콕콕 눌러준다. 벽면을 따라 물방울이 주르륵 흘러내린다. 물을 먹었으니 내일이면 조금 더 커질 것이다. 몇 달이 지나면 싱크대 벽을 다 덮을지도 모른다. 나는 곰팡이를 보며 밥을 먹고, 밥을 먹으며 곰팡이도 먹을 것이다. 밤이 되면 곰팡이를 데리고 출근을 하고, 낮에는 햇볕이 없는 공간에서 곰팡이가 잘 자랄 수 있도록 보살필 것이다.

　선글라스 다리를 부러뜨린다. 평소에 쓰고 다니는 선글라스 중 가장 새까만 것으로 고른다. 선글라스를 곰팡이 위에 덮는다. 그리고 테이프로 여러 번 고정한다. 이제 녀석은 조잡한 형광등을 켜도 편안할 것이다. 나는 너에게조차 공손해야 한다. 그래야 푸른 하늘도 쨍쨍한 햇살도 비웃으며 환기도 부질없는 음지의 세계를 확장할 수 있을 테니까.

　고향 집이 생각난다. 고향 집 하면 비린내가 떠오른다. 비린내는 내 부모의 냄새이기도 하다. 때로는 사람에게서 나는 냄새만으로도 삶을 짐작할 수 있다. 나는 언제쯤 곰팡내를 풍기며 다닐 수 있을까. 언제쯤이면 내 부모처럼 포기할 건 포기하며 살수 있을까. 갑을이 아닌 병정쯤으로, 마침내 잉여 인간으로 자신을 정의하려면 얼마나 많은 걸 포기해야 하는 것일까. 선글라스를 쓴 곰팡이를 쳐다본다. 너와 함께라면, 네가 건강하게 자라준다면, 어쩌면 가능할 수도 있겠다. 이제 다시는 벽과 싸우지 않을 테니까. 입금하는 자들은 벽을 가질 수도, 이길 수 없다는 걸 깨달았으니까.

새 집주인에게 계약금을 제외한 보증금 잔액과 선월세를 입금한다. 공식적으로는 지금, 15일 오전 열 시에 이사 왔으나 매달 10일 오후 아홉 시로 알림을 설정한다. 몸은 오늘 아침 열 시에 들어왔지만 짐을 옮겨 놓은 건 닷새 전이기 때문이다. 집주인과 사소한 실랑이조차 주고받지 않으려면 10일 오후 아홉 시에 관리비를 포함해서 오십오만 원을 입금해야 한다. 정확한 입금과 공손한 태도. 어려울 것 없다.

소란

박스를 정리하다가 손가락을 베었다. 순식간에 날카로운 통증이 덮쳤고 반듯하게 솟구치는 혈흔을 따라 1센티미터 정도의 상처가 피어올랐다. 나는 베인 손가락을 입에 물고 왜 이 짓을 하게 되었는지 생각하다가 와락 짜증이 났다. 그간 누구라도 부러 찾지 않았던 이 집에 누군가가 방문한다는 것 자체가 내겐 스트레스였다. 박스는 한 달에 한 번 이웃집 할머니가 정리해 갔는데 굳이 내 손으로 해야 했던 원인이랄 건, 소란이었다.

집 안으로 들어와 상처에 연고를 바르고 손가락에 밴드를 감았다. 아린 통증은 여전히 계속되었다. 이 손으로 음식을 하기란 무리였다. 나는 부엌 싱크대 위에 잔뜩 부려놓은 식자재를 망연히 쳐다보다가 하나하나 냉장고에 집어넣었다. 밥은 무슨. 소란이 뭐라고. 멀끔해진 싱크대를 돌아 나오다가 원두 정도는 내려놓을까 싶어서 잠시 망설였지만, 굳이 원두씩이나 준비할 필요가 있나 싶었다. 낡은 찬장 아래쪽에 가득 차 있는 맥심 화이트 커피믹스를 뚫어지게 쳐다보았다. 저거면 되지.

청소기를 돌리기 위해 창문을 열었더니 흙먼지가 훅 들이닥쳤다. 모든 게 불편했지만 깨끗한 공기 하나는 만족스러운 동네였는데 언제부턴가 흙먼지가 날아들기 시작했다. 마을에서 내려가는 도로 왼편에 고층 아파트가 시공되면서부터였다. 작고 가벼운 것들은 하염없이 위로만 오르는 법이니 산허리에서 날리는 흙먼지는 고스란히 위쪽 마을로 침입했다. 우리 집은 갈숲마을의 가장 꼭대기에 있었다. 하는 수 없이 창문을 닫고 청소기를 돌렸다. 청소기 필터 창이 금세 황토색으로 오염되었다. 찌든 때가 눌어붙은 걸레에 물을 묻혀 바닥을 닦았다. 손가락은 계속 저릿했다.

소란을 다시 만난 건 희명 선배의 북 카페에서였다. 심학산 아래 자리한 선배의 북 카페에서 선배의 세 번째 출간을 기념하는 조촐한 모임이 있었다. 나는 선배가 책을 낼 때마다 참석했으므로 그날이 세 번째였는데, 소란이 오리라곤 전혀 예상하지 못했다. 참석한 사람들 대부분이 자주 연락하는 대학 동기나 선후배였고 소수의 동종 업계 종사자였으므로 소란의 등장은 상당히 의외였다. 소란은 집을 알아보기 위해 파주에 들렀다가 우연히 알게 되었다고 했다. 선배와 나는 고향이 파주였지만 소란은 파주에 아무런 연고가 없었다. 어쨌거나 초대받지 않은, 십오 년 전에 일방적으로 연락을 끊어버린 그녀는 환영받지 못했다.

선배는 소란을 보자 벌어지지 않는 썩은 조개처럼 입을 닫아버렸다. 아무런 말도 없이 갑자기 사라졌던 소란 때문에 선배는 긴 시간 괴로워했었다. 소란이 결혼했다는 소문이 돌자 선배는 서울을 떠나 파주 본가로 돌아왔다. 낮에는 부모님 농사를 돕고 밤에는 소설을 쓰다가 낮에는 북 카페를 운영하고 밤에는 소설을 쓰는 삶으로 옮겨갔다. 나는 선배와 가끔 만나 커피를 마시거나 선배네 집에서 밥을 얻어먹기도 했지만, 우리의 대화에 소란이 등장한 적은 단 한 번도 없었다. 그런 선배의 모든 책 첫장에는 R이라는 알파벳이 어떤 패턴도 없이 한 페이지 가득 들어차 있었다. 나는 의미를 알고 있었고 그게 선배만의 방식이라는 걸 인정해야 했다. 내가 선배와 커피나 식사 따위만 함께 나눈 이유이기도 했다.

소란이 희명 선배를 보며 반갑게 인사를 건네자 희명 선배와 친한 몇몇 선배들이 미간을 찌푸리며 자리를 떴다. 그럴 만했고, 그럴 만하다는 것을 소란도 모를 리 없었다. 자신의 등장이 어떤 분위기를 자아낼지에 대해 예상하지 못할 만큼 눈치 없는 아이는 아니었다. 그런 소란이 일부러 찾아온 걸 보면 분명 어떤 의도가 있을 것 같았지만, 그 누구도 소란에게 묻지 않았다. 희명 선배도 마찬가지였다. 침묵하는 선배의 표정에서 나는 묘한 예감이 들었다. 선배의 다음 책에서는 R을 볼 수 없을 것 같다는 근거 없는 기운과 함께.

소란도 나도 글 쓰는 일이나 작가가 되겠다는 목표에 애달아하지 않았다. 그건 졸업 전에도 후에도 마찬가지였다. 우리는 그저 책이 좋아서 책을 읽었고 읽다 보니 글을 썼고 그게 길인가 싶어서 책 보고 글 쓰는 학과에 진학했을 뿐이었다. 글을 꿈으로 만들 만큼 우린 순수하지 않았다. 우리의 학창 시절은 어떤 열정이나 해프닝 따위도 없었다. 그래서 추억 비슷한 것도 없다. 소란은 책을 읽으면서 연애를 했고 나는 대필을 하면서 돈을 벌다가 소란은 몰래 결혼했고 나는 용케 졸업했을 뿐. 소란이 결혼과 동시에 연락을 끊은 것도 사실 큰 실망이랄 수 없을 만큼 우리 사이는 그저 그랬다. 지금의 소란은 서른여덟에 걸맞은 품위를 유지할 만해 보였지만 나는 여전히 대필이나 하며 근근이 살아가고 있다는 사실에서 틈이 벌어졌는데, 소란과 비교하면 내 삶은 제자리에서 맴도는 것 같아 왼쪽 속눈썹 주위가 시근시근했다.

그날 소란은 본인이 먼저 차단해버린 사람들의 연락처를 모두 받아 갔다. 그들이 순순히 연락처를 건넨 이유에 소란이 타고 온 외제 차나 소란이 들고 있던 가방의 영향이 없었다고는 못할 일이었다. 며칠이 지난 후 소란은 내게 전화를 걸었고 나는 손가락을 베었다. 몇 개월 동안 안부만 물어오던 소란은 뜬금없이 파주에 가야 할 일정이 생겼다고 했다. 괜찮으면 우리 집에 커피 한잔 마시러 가도 되냐고 물었고 불편하면 밖에서 만나도 좋다는 말을 덧붙였다. 그때 나는 처음으로 내가 사는 집을 객관적으로 둘러보았다. 삼십 년 넘은 흙집을 개조하면서 지붕을 새로 얹고 툇마루에 기둥을 박아 하얀 새시를 단 우리 집의 외관을. 움직일 때마다 집 안에 소음을 가득 채우는 미닫이문과 어디에도 고르지 못한 바닥의 장판을 바라보다가 세면대가 없는 화장실을 떠올렸다. 소란이 처음부터 밖에서 만나자고 했더라면 굳이 집에 오라고 하지는 않았을 테지만, '불편하면'이라는 조항이 붙자 나는 집으로 와도 좋다고 말했다. 네가 '불편하지 않다면' 와도 좋다고.

담 너머에서 차 소리가 들렸다. 이윽고 전화벨이 울렸지만 나는 전화를 받지 않고 대문 밖으로 나갔다. 고급 SUV 차량 옆에 전화기를 들고 두리번거리는 소란이 보였다. 정강이까지 내려오는 기다란 살구색 시폰 원피스에 검은 재킷을 걸친 소란이 손을 흔들었다. 탐스러운 갈색 머리카락이 치맛자락과 같은 방향으로 나부끼고 있었고 소란의 선글라스는 봄빛을 차단하느라 요리조리 반짝이고 있었다. 보풀투성이 추리닝과 삼선 슬리퍼가 그녀를 바라보았다. 나도 마지못해 손을 흔들었다. 소란은 차 뒷문을 열어 두루마리 화장지 세트를 빼낸 후 총총거리며 걸어왔다. 잠시 후 그녀의 자동차에서 우리의 재회를 알리는 팡파르가 터졌다.

대문 안으로 들어선 소란은 대문 옆에 놓인 맷돌처럼 한동안 가만히 서있기만 했다. 소란의 표정은 호기심이나 놀라움 따위로 가득 차 있었다. 움직임을 감지하는 최신식 카메라처럼 고개를 요리조리 돌리면서 집 정경을 둘러보았다. 봐봐야 가까이는 온통 나무나 풀때기가 전부고 멀리 보아도 죄다 숲인 전형적인 산골 마을이었다. 소란은 마당 여기저기, 텃밭 이곳저곳을 왔다 갔다 하며 '우와'를 연발하다가 내 쪽으로 돌아왔다.

"진짜 여기 사는 거야?"

소란은 내 삶이 거짓인 것처럼 물었다.

"초라하지? 이렇게 살아."

나는 그녀가 듣고 싶어 할 만한 대답을 했다. 내가 내 가난을 인정하는 것, 내가 먼저 내 삶을 초라하다고 규정해버리는 쪽이 대체로 상대를 편하게 한다는 것을 알고 있었다. 대개 이런 집에 와서 딱히 할 말을 찾지 못하고 표정 관리조차 안 되는 사람들을 위해 내가 선수를 치면 그들은 그제야 마음 놓고 어떤 말이든 지껄였다. 아, 본인도 아는구나, 싶어서 편하게. '진짜 여기 사는 거야?'라는 말은 '어떻게 이런 데서 살아?'라는 뜻이라는 것쯤은 나도 알고 있었다. '초라하지?'라고 대답한 맥락은 나도 아니까 편하게 말하라는 뜻이었다. 소란은 그저 씩 웃기만 했다. 여전히 예뻤다.

우리는 집 안으로 들어섰다. 중앙에 박힌 커다란 나무 기둥이 가뜩이나 좁은 마루에서 동선을 방해하고 있었다. 소란은 그 나무 기둥을 손으로 쓸어내리며 신기하게 쳐다보았다. 나는 마루 한쪽에 깔아놓은 카펫 위에 붉은 교자상을 펼쳤다. 소란은 치마를 살짝 들어 곱게 앉으며 서까래와 대들보를 올려다보느라 고개를 꺾었다. 나는 부엌으로 가 맥심 화이트골드 두 잔을 내어오며 말했다.

"이런 것밖에 없네."

잔을 받아 든 소란은 빙그레 웃으며 대답했다.

"이런 커피 진짜 오랜만이다! 잔도 너무 특이해."

'이런' 커피가 어울리는 이런 집에서는 굳이 원두를 갈거나 비싼 커피 잔을 내오는 것은 손님의 기대에 반하는 일일 것이다. 개 발에 편자. 나부터도 그렇게 생각하니까. 억지로 가난을 숨기거나 소품 따위로 포장하는 것처럼 보이고 싶지 않았다. 오래되어 색이 바랜 토기 잔 정도라면 알맞지 싶어 꺼내놓았던 참이었다. 평소에 내가 원두를 즐겨 먹든 아니든 내 취향도 타인에겐 상관없었다. 오히려 원래의 참모습을 위선으로 보는 시선들로부터 나는 자유로워지고 싶었다. 그저 눈에 보이는 대로 인정해버리면 편한 것이 삶이었다.

소란은 잿빛 선글라스를 벗어 상 위에 올려놓았다. 예나 지금이나 예쁘다는 단어와 잘 어울리는 여자였다.

"어떻게 지냈어?"

소란이 물었다. 나는 어디서부터 얘기해야 할지 난감했다. 우린 십오 년 전에 헤어졌고 소식이 끊겼으므로, 십오 년 동안의 지냄에 대해 압축하기란 여간 어려운 일이 아니었다.

"그냥 뭐."

이럴 때 가장 유용하게 쓰이는 단어, 그냥.

"아직 혼자야? 결혼은?"

내가 두루뭉술하게 대답했기 때문에 소란이 구체적인 질문을 하기 시작했다.

"했었지."

그 말에는 이혼 혹은 사별의 뜻과 함께 상처를 품고 있으므로 그만 물어보라는 뜻이었지만, 사람들은 대체로 모르거나 모른 척했고 백 프로 이혼 쪽일 거라 단정했다. 소란도 예외는 아니었다.

"어머, 진짜? 이혼했어? 왜? 애는?"

한꺼번에 쏟아지는 여러 질문에 대처하는 방법도 나는 알고 있었다. 마지막 질문에만 답을 하고 마는 것이다.

"애는 없어."

그러면 보통 앞의 질문들은 묻히기 일쑤였는데 소란은 달랐다.

"왜? 왜 이혼했어?"

나는 또 적당한 대답을 했다.

"그냥 뭐."

반면에 나는 소란에 관해 묻지 않았다. 대학 시절 소란은 지금처럼 예뻤고 지금보다 어려서 인기가 많았다. 소문에 불과했지만 졸업 전에 결혼한 것도 큰 이슈였다. 지금쯤 애가 중학생이 되었을까. 보아하니 사는 형편도 괜찮은 듯하고 그래서인지 궁금한 것도 없었다. 제 나이에 필요한 것을 다 가진 것 같은 사람에게 아무것도 가지지 못한 사람이 궁금해할 일은 아무것도 없었다. 스물세 살에 헤어져서 서른여덟에 다시 만난 대학 동창끼리 굳이 설명하지 않아도 너무나 확연하게 드러나는 서로의 형

편. 너는 묻고 나는 묻지 않는 서로의 지나간 시간. 그 틈이 황
황히 벌어지고 있었다. 그런데 소란이 뜬금없는 고백을 했다.

"나도 이혼했었어."

내가 놀라지도 않고 아무런 대답도 하지 않은 채 커피만 훌쩍
거리자 또 하나의 고백이 날아들었다.

"두 번."

나는 그저 고개만 끄덕였다. 아무 말도 하지 않는 것은 내 나
름의 예의였다. 나도 한 번 겪은 일이라 짐작할 만한 시련이었
으므로. 세상에 아름다운 이별은 존재하지 않는다는 것을 너무
나 잘 알기에. 때론 좋은 의도의 위로일지라도 받는 사람에겐
가시가 될 수 있다는 것 또한 숱하게 겪어 알고 있었다. 이런 상
황에서는 침묵만이 내가 아는 유일한 배려였다. 나는 바닥이 드
러난 커피 잔을 입에서 떼지 않았고 소란은 더 고백할 게 없어
보였다.

소란은 정말 커피만 마시러 온 사람처럼 잔만 비우고 일어섰
다. 소란을 배웅하기 위해 함께 대문 밖으로 나서는데 거센 흙
먼지가 훅 불어닥쳤다. 소란의 치마가 허벅지까지 펄럭이며 맨
살이 드러났다. 가뜩이나 사는 집도 남루한데 흙먼지를 뒤집어
쓴 채 치마를 부여잡는 소란에게 약간 민망해졌다. 그래서 화풀
이하듯이 말했다.

"올라오다가 봤지? 아파트 공사하는 거? 그거 때문에 이 지경이야. 도대체 왜 산을 깎아서 아파트를 짓나 몰라. 분양 안 되는 아파트가 천진데."

내 말에 소란이 선글라스를 쓰며 말했다.

"저 아파트 완판이야. 전망 하나는 죽이거든."

"어떻게 알아?"

"파주에 집 알아보러 왔었다고 했잖아."

"사실이었어?"

나는 소란이 희명 선배를 만나려고 일부러 찾아온 줄 알았다. 모두가 그랬다. 단톡방에서는 그날 소란의 등장에 대해 열띤 추측이 펼쳐졌었다. 이혼하고 오지 않았을까, 살 만해져서 염장 지르러 왔겠지, 집을 알아보러 왔다는 뻔한 거짓말을 눈도 깜짝 안 하고 하더라, 강남에 사는 애가 미쳤다고 파주에 집을 보러 오겠냐.

"사실, 너와 희명 선배가 파주에 있다는 것도 몰랐어. 진짜 집을 보러 온 거였어."

"아닐 거라고 생각했어. 우린, 아니 난⋯⋯."

소란은 자신에 대해 떠도는 소문 따위엔 신경 쓰지 않는다는 듯, 그날 자신은 분명히 사실 그대로 말했지만 그럼에도 다르게 떠들 테면 얼마든지 떠들라는 듯 나긋하고 담박하게 말했다.

"커피 잘 마셨어."

소란의 차는 산등성이 아래로 사라졌다. 소란이 다녀간 뒤로 아파트를 볼 때마다 그녀가 떠올랐다.

소란이 예고 없이 불쑥 찾아온 건 일요일 밤이었다. 종일 비가 내렸고 나는 새로운 대필 계약을 하고 온 참이었다. 먹다 남은 싸구려 와인과 샌드위치용 치즈를 들고 처마 밑에 앉아있었다. 다행히 외로움을 잘 타지 않는 나는 비 오는 날 혼자 마시는 술이 그리 처량하지 않았다. 치즈에 붙은 비닐을 떼어내면서 차 소리를 들었지만 방문할 사람이 없으니 신경 쓸 이유도 없었다. 나는 와인을 마시며 빗소리를 들었는지 내리는 비를 바라보며 와인을 마셨는지 아무튼 그런 상태였다. 먼발치에서 어렴풋이 여자 목소리가 들렸다. 달이 가장 가깝게 보인다는 산꼭대기 갈숲마을에서, 그것도 비 오는 날 밤에 여자 목소리가 들리는 건 섬뜩한 일이었다.

"수진아."

심지어 내 이름을 부르고 있었다. 하마터면 얇은 와인 잔이 구겨질 뻔했다.

벌떡 일어나 대문 쪽으로 다가갔다. 소란이 우산도 없이 서있었다. 나는 서둘러 대문을 열었고 처마 밑으로 재빠르게 들어선 소란은 무언가 잔뜩 들어있는 봉지를 내려놓으며 아무렇지 않게 옷자락에 묻은 빗물을 털어냈다. 나는 그녀를 빤히 쳐다보았다. 입을 반쯤 벌리고 있었는지도 모른다. 그녀의 방문이 몹시 무례하게 느껴졌다.

"어쩐 일이야? 연락도 없이?"

퉁명한 내 물음에 소란은 애교 띤 목소리로 말했다.

"나 추워."

나는 일단 소란을 집 안으로 들이고 새 수건을 건넨 후 보일러를 틀었다. 사월 말이었지만 여름이 오기 전까지는 춥거나 서늘한 것이 산이었고, 밤비가 내리면 초겨울이나 다름없었다.

"나 하루만 재워주면 안 돼?"

연이어 강타하는 무례함에도 나는 섣부르게 대답할 수 없었다. 가정 있는 여자가 주말 밤에 술을 사 들고 데면데면한 친구의 집에 사전 허락도 없이 들이닥쳤다면 그냥 간다고 해도 그냥 보내면 안 되는 상황이었다. 소란이 출발한 길이 서울이었다면 더욱 그랬다.

"뭐, 너만 불편하지 않다면."

"그럴 줄 알았어. 저녁은 먹었어?"

식사를 운운할 시간은 아니었다. 소란은 머리카락의 수분을 닦아내던 수건을 내게 건넨 후 상 위에 이것저것 부려놓았다.

소주 세 병, 맥주 다섯 캔, 편의점 닭 다리, 마른오징어, 사발면, 새우깡, 콘치즈……. 그러다 물었다. 전자레인지는 있냐고. 뭘 모른다는 듯 나는 대답했다. 혼자 사는 사람들의 집에는 가스레인지는 없어도 전자레인지는 있다고.

나는 닭 다리와 콘치즈를 전자레인지에 넣고 데웠다. 간단히 와인 한 잔 마시려다가 졸지에 소주를 먹게 되었다. 소주를 피한 이유는 특별하지 않았다. 안주가 필요해서이기도 했고 적당한 안주를 곁들여 소주를 마시고 나면 부른 배로 인해 작업을 못 하는 상황이 부지기수였다. 비 오는 봄밤, 갈숲마을의 흙집 처마 아래서 소주를 마시는 건 너무나 제격이어서 취하기에 십상이었다. 그러나 어차피 소주를 먹어야 할 날인가 보았다.

소란은 온종일 굶은 사람처럼 채 익지도 않은 사발면을 급하게 먹으며 틈틈이 건배를 제의했다. 나는 그녀가 느닷없이 들이닥친 이유에 대해, 심지어 자고 가겠다고 한 이유에 관해 묻지 않았고 앞으로 이런 무례한 방문을 자제해달라는 말도 아직 하지 않았다. 어차피 내가 묻지 않은 말은 소란이 밤새 다 털어놓을 일이었고 내가 아직 하지 않은 말은 소란의 말을 먼저 듣고 해도 늦지 않을 것이었다. 말이란 건 주먹질과는 달라, 먼저 치는 사람이 항상 불리하다는 걸 나는 알고 있었다. 봄을 동반한 빗방울은 점점 거세어졌다. 무엇이든 응집되었다가 터지는 것들은 아량이 없었다. 겨우내 얼었던 하늘이 회포 풀 듯 밤새 비를 뿌릴 모양이었다. 소주를 마시기엔 더없이 환영받을 날씨였다.

허기를 어느 정도 채운 것 같은 소란은 본격적으로 술을 마시기 시작했고 그녀의 말은 쪼록쪼록 내리는 빗물처럼 작지만 일정한 속도로 이어졌다. 소란은 이 밤 안에 처리할 말들이 너무 많다는 듯이 십오 년의 시간을 쉬지 않고 떠들었다.

"난 희명 선배를 버린 게 아니야."

소란이 이렇게 말했을 때 나는 조금 화가 나려고 했다. 의도한 것이든 아니든 결과가 그렇고 누군가의 인생을 조각나게 해버렸다면, 그렇게 명백하게 말하면 안 되는 거였다.

"그 말에는 어폐가 있어. 어쨌든 말없이 떠난 건 너였고 버려진 건 선배였으니까."

소란은 앙다문 입술을 양옆으로 길게 찢었다. 잘 익은 복숭아처럼 발그레한 볼이 볼록 튀어나왔다. 솔직히 말하면 소란이 희명 선배에 대해 하는 말을 듣고 싶지 않았다. 소란의 십오 년은 알지 못하지만 희명 선배의 십오 년이 어땠는지는 잘 알기 때문에 그녀가 어떤 말을 해도 변명일 수밖에 없다고 생각했다.

"동우 알지? 길동우."

길동우. 그에 대해서는 모르는 게 더 이상했다. 길동우로 말할 것 같으면 하루도 빠짐없이 소란에게 구애를 펼쳤던, 그것도 대부분 공개적이고 대범하고 집요해서 때론 두려움마저 들게 했던 공과대 신입생이었다. 희명 선배 이하 여러 선배가 숱한 경고를 하고 겁을 줬음에도 불구하고 그는 소란을 포기하지 않았다. 소란은 길동우가 싫었다. 단순히 친구로도 싫었다. 길동우가 싫어서 희명 선배와 사귄 건 아니었지만, 희명 선배를 사귀게 되면서 길동우의 행방이 묘연해진 효과는 분명 있었다. 뜬금없이 길동우라니.

"알지. 걘 왜?"

소란은 넘칠 듯 말 듯한 소주잔을 입 안으로 훅 털어 넣었다. 소란은 나뭇가지에 부딪힌 빗방울이 부서지는 일상처럼 대수롭지 않은 표정으로 무서운 단어들을 내뱉었다.

"날 너무 사랑해서 그랬다고 했어. 너도 알다시피 난 가족이 없잖아. 이미 생긴 아이를 포기할 수는 없었어. 시작이야 어찌됐건 가족을 만들고 싶었어. 그런데 결혼하고 나니까 때리더라. 그동안 자신을 받아주지 않은 걸 들먹이며 계속 때렸어."

"경찰에 신고하고 빠져나왔어야지. 너 바보야?"

"다들 그렇게 쉽게 말하지. 가정폭력의 늪을 너는 몰라. 친정이 없는 여자의 막막함도……."

나는 차마 입을 뗄 수가 없었다. 침묵조차 두려웠다. 그것은 지금껏 내가 겪어보지 못한 공포였다. 대학에 입학했을 무렵이었나. 외동딸이었던 소란은 연쇄 충돌 사고로 부모님을 잃었다. 그래서 소란이 갑자기 사라졌을 때 누군가에게 연락해서 알아볼 방법은 없었다. 가족이 없는 사람은 그저 사라지면 끝이었다. 소란은 모두에게서 한순간 끝난 사람이었다.

"유산하면서 불임이 됐어. 그는 더 난폭해졌고."

소란은 치마를 들쳐 오른쪽 허벅지를 보여주었다. 새하얀 허벅지에는 흉측하고 선명한 흉터가 고스란히 남아있었다. 상해죄로 일 년. 고작 일 년. 그마저도 지속적인 폭행 사실이 인정되어 실형을 받았다는 길동우. 소란은 그가 출소해서 자신에게 찾아와 해코지할 것이 두려워서 계속 이사를 했다고 했다. 아무런 죄를 짓지 않은 여자가 도망 다니지 않고 살기 위해 선택한 것이 재혼이었다. 두 번째 남편은 소란이 불임인 것까지 모두 이해하고 받아주었지만 다른 여자의 몸에 생명을 부려놓았다. 소란은 바람피운 남편을 향한 배신이나 증오보다는 그의 아이를 낳아줄 수 없는 죄책감과 미안함이 더 컸다고 했다. 자신만 빠지면 완벽한 가족이 되는 거 아니겠냐고 말하는 소란의 얼굴은 담담해 보였다. 길동우가 계속 자신을 찾고 있다는 사실을 알게 된 소란은 도움을 받기 위해 변호사를 만났다. 그는 소란을 필요 이상으로 도와주었다. 그가 세 번째 남편이 되었다. 아이가 둘 딸린 지금의 남편을 만난 후엔 길동우 때문에 불안한 일이 없었다고 했다. 무엇보다 출산에 대한 강박이나 죄책감 따위에서 벗어날 수 있었고 그토록 갖고 싶었으나 결국 가지지 못한 자식이 둘이나 생겨서 너무 좋았다고 말했다. 대형 법무법인에서 일한다는 남편은 나이가 많긴 하지만 부족한 것 없는 남자라고 소란은 설명했다.

소란의 십오 년을 듣는 동안 나는 빠르게 술잔을 비웠다. 소란의 잘못은 무엇이었을지, 과연 소란이 잘못한 게 있기나 한 것인지 자꾸 생각하게 되었다. 희명 선배를 버린 게 아니었다는 말에는 여전히 동의하고 싶지 않았다. 그 말이 맞는다손 친다면 버림받지도 않은 희명 선배는 왜 그렇게 힘든 십오 년을 보내야 했을까. 그건 선배 탓이었을까. 도대체 잘못은 누가 한 것일까. 왜 상처를 준 사람은 없고 받은 사람만 생겨난 것일까. 나는 소란의 십오 년을 들으며 희명 선배의 십오 년을 생각하고 있었다. 선배에게 하고 싶은 말은 입도 떼지 못한 채 주위만 맴돌아야 했던 나의 십오 년도 함께 있었다.

"그래도 다행이네. 지금은 행복해 보여서."

그렇게 말하고 나는 후회했다. 행복해 보이는 소란에 대해 나는 정확히 알지 못한다는 것을, 왜 소란이 행복해 보이는 건지 설명할 수 없다는 것을 말한 후 떠올렸다. 소란은 내뱉고 후회하는 내 심중을 알아챈 듯했지만 별다른 반응을 보이지는 않았다. 어쩌면 진짜 행복한지도 모를 일이었다. 아니, 행복해 보이는 것만도 어딘가 싶기도 했다. 그러다 돌연 내가 자꾸 행복에 집착하고 있다는 것을 깨달았다. 소란을 만나기 전에는 삶의 정의에 제법 태연한 편이었는데 소란과 마주 앉은 지금 소란의 불행했던 과거를 들은 후 나는 자꾸 행복에 집착하고 있었다. 한동안 술만 들이켜던 소란은 주섬주섬 가방을 뒤지더니 담배와 라이터를 꺼냈다. 나는 소란의 말을 끊을 수 없어서 붙들고 있던 오줌보를 해결하기 위해 화장실로 갔고 그사이 소란은 마당에서 담배를 피웠다.

"할 거 다 하네?"

내가 농담을 던지자 돌아와 자리에 앉던 소란이 소란스럽게 웃었다. 예쁜 소란에게서 매캐한 담배 냄새가 났다. 소란은 다시 잔에 소주를 따랐고 우린 의미 없는 짠을 계속했고 점점 취했다. 술기가 오를수록 지붕에 부딪히는 빗방울 소리는 처량하거나 공허하거나 슬펐다. 부딪히는 것은 거개가 그런 단어를 품고 있었다. 엉기지 못하고 분해되거나 부서지는 것들. 말하자면 이별 혹은 이혼 같은 것.

"나는 그냥 했어, 이혼. 행복하지 않아서. 앞으로도 행복할 자신이 없어서. 근데 생각해보니까 결혼할 때도 그랬던 것 같아. 혼자가 행복하지 않아서 결혼했는데 함께여도 행복하진 않더라.

그건 그 사람도 마찬가지였어. 그냥 연애하다가 나이를 먹었고 함께 보낸 세월에 책임지듯 결혼한 것 같아. 그거야말로 무책임인데…… 우린 둘 다 가난했고 둘 다 열정이 없었고 둘 다 변하지 않아서, 쉽게 합의했어. 그래서 이러고 살아. 예전처럼."

내 말이 끝나자 소란은 한참 뒤에야 입을 열었다.

"좋겠다."

내가 이혼한 일이 뜬금없는 부러움을 불러왔을 리 없고 비아냥이라고 말하기엔 소란의 표정이 실없지가 않았다.

"혼자여도 괜찮아서 좋겠다고. 얼마든지 누군가가 있으니까. 좋겠다고."

"너한테도 지금은 가족이 있잖아. 혼자가 아니잖아."

내 말에 소란이 소리 없이 웃었다.

"어떤 인연이 깨지고 나면 언제든 품어줄 사람들이 있는 사람. 그래서 타인과의 관계에 매몰되지 않고 자신에게 집중할 수 있는 사람. 그런 사람이 제일 부러워."

소란의 말이 이해되지 않는 건 아니었지만 부모나 형제가 있다고 해서 이혼이 쉽거나 당당한 건 아니니 함부로 정의하지 말라고 말해주고 싶었다. 가정폭력이나 외도같이 커다란 계기 없이 조용히 헤어졌다고 해서 이혼이 아프지 않은 사람은 없다는 것도 알려주고 싶었다. 어느 날 갑자기 바람 빠진 풍선처럼 사랑이 훅 빠져나간 느낌, 메마른 집 안에서 꾸역꾸역 마주하며 살아가다가 그 사실을 인지하고 이별하기까지 침잠하는 시간의 무게를 너는 아느냐고 묻고 싶었다. 그러나 오늘 내가 들은 소란의 삶은 너무 버거운 것이어서 그 말들을 차마 할 수가 없었다.

소란은 내 눈치를 보는 듯했다. 아마도 할 말은 많지만 하지 않겠다는 내 마음이 표정에 드러났을 것이다. 가만히 눈동자만 굴리던 소란은 핸드폰을 집어 들었고 나는 오징어를 씹었다. 핸드폰으로 뭔가 찾기 시작하는 소란의 얼굴이 십오 년 동안의 삶을 고백할 때보다 더 슬퍼 보였다. 한참을 뒤지던 소란은 내게 전화기를 건넨 후 술을 마셨다. 나는 소란이 건넨 핸드폰을 들여다보았다. 딱 봐도 소란임을 알만한 여자의 뒷모습이 찍힌 사진, 그 위에 놀랄만한 문구들이 해시태그와 함께 나열된.

#다리잘벌려 #그덕에세번결혼 #꼴에엄마래 #임신도못하는게 #여자냐남자냐

미처 다 씹지 못한 오징어가 목구멍에 탁 걸려 밭은기침이 쏟아져 나왔다. 기침을 하면서도 화면에서 눈을 떼지 못했다. 나는 그 게시물을 기준으로 화면을 위아래로 훑었는데 손가락이 몹시 아렸다. 며칠 전에 박스에 벤 손가락이 갑자기 욱신거리면서 다른 손가락들도 일제히 아리기 시작했다. 범인은 세 번째 남편의 아이들이었다. 차마 보기 힘든 심각한 사진은 하나가 아니었다. 나는 이 아이들과 한집에 살고 있을 소란을 쳐다보았다. 슬픔을 머금고도 여전히 예쁜 소란에게 물었다.

"도대체 어떻게 견디는 거야?"

소란이 전화기를 돌려받으며 말했다.

"그냥 살아져. 세상에 완벽한 불행은 없거든. 깜깜한 불행 안에 틀어박혀 보니까 구멍이 다 있더라고. 빠져나갈 구멍. 살 수 있는 구멍. 그걸 찾는 것도 내 몫의 삶인 거야."

억지로 태연한 척하는 것 같진 않았다. 그래서 놀라지 않을 수 없었다. 그 모든 일을 겪은 여자로 보이지 않았을뿐더러 이처럼 대단한 미립이 트일 만한 아이는 아니었다. 갈숲마을에서 술까지 마셨다면 자신이 겪어온 시련과 불행을 고백하면서 응당 눈물 정도는 따라 나와야 마땅한 상황이었다. 곡을 해도 이상하지 않았다. 심지어 슬레이트 지붕을 두드리는 저 처량한 빗소리가 들리는 밤이 아닌가. 도대체 소란은 왜 저렇게 단단해졌을까.

나는 담배와 라이터를 들고 밖으로 나가는 소란을 따라갔다. 소란은 멀쩡한 의자를 두고 처마 밑에 웅크리고 앉아 담배에 불을 붙였다. 나도 그 옆에 쪼그리고 앉았다. 빗소리는 언제 들어도 신나지 않는다. 그나마 이 비 덕분에 당분간 흙먼지는 날리지 않을 것이다. 완판이라던 공사 중인 아파트가 생각났다.

"그럼 진짜 파주로 이사 오는 거야? 아파트로?"

"집을 알아보는 건 그냥 습관 같은 거야. 살기 위해 굳어진 습관 같은 거."

소란의 담배 연기는 빗줄기 사이로 잘도 빠져나갔다. 빗방울이 담배 연기를 뚫고 지나갔지만 연기를 없애지는 못했다. 아주 단단하거나 차라리 아주 약해야 함부로 뚫리지 않는 거였다. 나뭇가지를 건드린 후 바닥으로 떨어지는 빗방울은 규칙도 없이 사방으로 튀었다. 어디로 튈지 모르는 인생같이, 제멋대로. 십오 년 전의 소란은 주량이 약해서 맥주 한 잔에도 취했고 담배도 피우지 않았다. 인생은 너무나 제각각이라서 타인의 인생을 함부로 예상하고 규정하는 것은 무례하거나 바보 같은 일이었다. 고인 빗물에 담배꽁초를 짓이기던 소란이 일어서며 말했다.

"이 맛에 여기 사는구나."

"나는 담배 안 피우는데?"

"그 맛 말고."

우리는 잠시 킥킥대며 웃었다.

"울기 좋은 집이지. 울고 싶을 때 와. 빌려줄게."

소란이 고개를 끄덕였다. 그녀가 마지막으로 울었던 밤은 언제였을까. 비는 계속 내렸고 밤은 지속되었지만 소란은 쏟아내던 말을 멈추었다. 끝이 난 건지 일시 정지인지 알 수 없었다. 우리는 십오 년 전 엠티에 간 날처럼 한방에서 긴 잠을 잤다.

소란이 다녀간 이후로 한동안 마음이 심란했다. 희명 선배의 북 카페도 들르지 않고 계약한 대필 원고에만 집중하며 지냈다. 어버이날이 금요일이어서 서울 본가에서 이삼일 쉬었다가 올 생각이었다. 씻어놓은 반찬 통을 챙기고 갈아입을 옷가지도 챙겨 넣었다. 다 읽지 못한 희명 선배의 세 번째 소설집과 인터뷰 파일이 담긴 메모리칩을 가방에 넣었다. 남의 인생만 가득한 노트북도 챙겼다.

집을 막 나서려던 순간에 전화가 왔다. 소란이었다. 소란은 대뜸 우리 집에 가도 되냐고 물었다. 다시 말하지만, 어버이날이었다. 평범한 주부라면 꽃을 들고 누군가를 찾아가거나 혹은 누군가가 찾아와서 가슴팍에 조악한 카네이션 조화라도 달아줘야 하는 그런 날이었다. 가슴뼈가 저릿했다. 나는 며칠 동안 집이 비었으니 마음껏 다녀가라고 말했다. 열쇠는 우편함 속에 넣어놓겠다고. 소란이 웃으며 고맙다고 했다. 나는 서둘러 신발을 벗고 부엌으로 향했다. 아끼던 원두를 내려놓고 쌀을 씻어 밥솥에 넣었다. 방으로 들어가서 새 이불을 꺼내 깔아놓고 나오다가 다시 들어가 포스트잇을 찾았다. 간단한 메모를 한 뒤 현관 입구에 붙여놓았다.

울고 가라.

녹슨 우편함을 열어 열쇠를 집어넣는데 문자가 왔다. 바빠? 희명 선배였다. 선배가 먼저 연락하는 일은 드물었으므로 나는 선배의 책방으로 향했다. 책방은 문이 닫힌 상태였고 선배는 책방 귀퉁이에 놓인 초록 테이블에서 낮술을 마시고 있었다. 그 테이블은 책방을 오픈할 때 내가 선물한 거였다. 초록색 철제 테이블 위에 초록색 소주병이 섞이지 못하는 우리처럼 비겁하게 색만 닮아있었다. 선배는 좀처럼 흐트러지는 사람이 아니었다. 나를 발견한 선배가 미소를 지었지만 반가움이라기보다는 애수 쪽에 가까운 얼굴이었다. 가슴이 내려앉았다.

글이 안 써진다고 선배가 말했다. 그 이유가 진짜 이유가 아님을 나는 알 수 있었다. 아는 것이 너무 많아서, 이해되는 것이 너무 많아서, 나는 선배 앞에서 자주 슬펐다. 선배도 속으로는 나를 많이 의지했다는 걸 알고 있었다. 자신이 아끼는 책방 문을 닫은 채 마시지도 못하는 술을 마시고 대낮에 취해버린 선배를 예전 같았으면 안아주고 싶었을 것이다. 그런데 나는 이제 그렇게 하고 싶지 않았다. 구멍을 찾아 헤맸다던 소란의 말이 떠올랐다. 십오 년 동안 선배와 나는 각자의 상처 안에서 비명만 질렀는데, 우리가 과거에 갇혀 버둥거리던 그 십오 년 동안 소란은 구멍을 찾아다녔다.

"다행이야. 잘 사는 것 같아서."

선배가 말했다. 소란을 말하는 것 같았다. 선배도 내가 처음에 느낀 것과 같은 느낌을 받았을 것이다. 우아한 외모와 품위 있는 옷차림, 상냥한 말투와 여유로운 표정의 소란. 더구나 잘살고 있지 않다면 그런 자리에 불쑥 들이닥칠 수 없는 거였다. 소란은 희명 선배의 연락처를 알고 있었지만 한 번도 연락하지 않았고 희명 선배는 소란의 등장에 흔들리지 않으려고 무진 애쓰는 듯 보였다. 그러나 십오 년 만에 포말 터지듯 터져버린 그리움이 어디 티가 나지 않을 수 있을까. 선배가 테이블에 왼쪽 팔꿈치를 올려놓았을 때, 초록색 철제 테이블이 삐거덕 소리를 내며 왼쪽으로 기울었다. 나는 알고 있었다. 이제 선배는 글을 쓸 수 없을 거라는 걸. 선배의 뮤즈가 사라져 버렸다는 걸. 그 시절 적극적으로 소란을 찾아 헤매지 않았던 선배에게 소란은 무엇이었을까. 나는 소란의 십오 년에 대해 한마디도 하지 않았다.

애초 2박 3일이었던 서울 일정을 하루 앞당겨 파주로 돌아왔다. 엄마와 아빠는 딸이 오든 안 오든 족발을 파느라 바빴고 동생들은 어버이날이든 아니든 연애하느라 바빴다. 서울에서 만날 사람도 할 일도 딱히 없었다. 이혼 후 파주로 가면서 전화번호를 바꿔버렸다. 소란이 사라졌던 거나 내가 조용히 파주로 숨어버린 것이나 다를 바 없었다. 희명 선배도 마찬가지였다. 인생이 끝장났다고 생각하는 사람은 땅속으로 가만히 숨고 싶어진다. 알고 보면 시기만 다를 뿐 모두 비슷한 패턴으로 살아가고 있었다. 본인도 다를 바 없는데 타인에 대해서만은 객관적인 시선으로 일관하기에 우린 그토록 오만한 것이 된다. 자신은 거의 모든 삶의 피해자이고 타인은 대체로 삶의 가해자라는 피해의식 속에서 우린 그토록 이기적인 것이 된다. 그렇게 이기적이고 오만하게 혼자가 되는 늙음. 나도 그 길을 걷고 있었다.

무엇보다 나는 소란이 걱정되었다. 울고 가라고 하긴 했지만 그 집은 혼자 울기엔 위험한 곳이었다. 살아온 모든 기억을 재생할 수 있는 곳이었고 그 기억들은 대부분 상처일 테고 그래서 입가에 버짐이 필 때까지 울 수 있는 그런 곳이었다. 소란이 혼자 울어도 될까. 부모와 동생들이 있는 나와 아무도 없는 소란은 달랐다. 근방에 친척들이 사는 나의 파주와 소란의 파주는 달랐다. 소란이 울고 갈지 계속 울고 있을지 모를 일이었다. 나는 서둘러 파주로 향했다.

소란은 없었다. 열쇠는 우편함 속에 그대로 들어있었고 현관 입구에 붙여놓았던 포스트잇은 떨어지고 없었다. 혹시 오지 않았던 걸까. 왔다 갔다면 메시지라도 보냈겠지 싶었다. 소란에게 전화를 걸었다. 꺼져있다. 밥도 그대로고 커피도 그대로다. 미리 깔아둔 새 이불은 흐트러짐이 없고 빈 술병도 보이지 않는다. 나는 소란의 흔적을 찾기 위해 마당으로 나갔다. 웅크리고 앉아 담배를 피웠을 소란을 떠올렸지만 어떤 흔적도 보이지 않았다. 전화는 여전히 꺼져있다. 허탈하게 현관으로 들어서는데 신발장 아래 떨어진 포스트잇이 보였다. 집을 떠나면서 내가 남겼던 네 글자 아래에 소란다운 정갈한 답글.

울고 간다.

그게 전부였다. 소란은 정말 울고 갔을까.

— 엄마 같은 말

수진 씨가 한국에 들어와 병원을 찾았을 때 옥자 씨는 정신을 차리지 못하고 있었다.

"이게 다 오빠 탓이야! 이게 다 오빠랑 새언니 탓이라고!"

수진 씨는 수혁 씨와 그의 아내를 향해 막말을 쏟아내며 울었다. 이른 사별을 딛고 혼자서 자신의 유학까지 도맡아준 옥자 씨가 의식이 없으니 그럴 만했다. 손자 둘의 육아를 거의 독박으로 감당하다가 쓰러졌다고 했다. 넘어지면서 갈비뼈에 금이 갔다고 했다. 갈비뼈에 금이 간 줄로만 알고 검사를 했다고 했다. 뼈에 금만 가도 예사로운 상황은 아닌데 옥자 씨는 자궁암 진단을 받았다.

"우리 엄마 살려내!"

흥분한 딸의 목소리 때문인지 옥자 씨는 정신을 차렸고 수진 씨를 보자 다시 정신을 잃을 것처럼 놀랐다. 암은 다행히도 다발성이 아닌 데다 초기여서 원한다면 외래 치료가 가능하다고 했다. 그 말에 수혁 씨 내외는 서로의 얼굴을 마주 보며 눈으로 대화를 이어갔고, 그 대화가 얼마나 비겁하고 무책임한 종류의 것일지 짐작한 수진 씨는 결심했다. 휴학을 하고 자신이 옥자 씨를 돌볼 수밖에 없었다. 이미 각오하고 온 수진 씨는 크게 고민하지 않았다. 수혁 씨가 넌지시 던진 입원 치료나 요양보호사 등의 제안은 수진 씨에게 먹히지 않았다. 수진 씨가 알기로 옥자 씨는 사회성도 사교성도 없는 사람이었다. 치매가 아닌 이상 타인의 병구완이 기껍지 않을 게 분명했다. 수진 씨는 비로소 자신이 옥자 씨를 위해 보답할 때라고 생각했다. 처음이지만, 처음이자 마지막이 될지도 모를.

병원에 다녀가는 길이면 수진 씨는 옥자 씨와 점심을 사먹었다. 콩국수, 순대국밥, 비지찌개. 수진 씨가 처음 먹어 보는 음식들을 옥자 씨는 맛있게 잘 먹었다. 그러고 보니 식당에서 옥자 씨와 마주 앉아 밥을 먹어 본 기억이 없었다. 수진 씨는 자신이 어릴 때 가정 경제를 책임져야 했던 옥자 씨가 너무 바쁘지 않았나 하고 이유를 대본다. 아니다. 다시 생각해보니 그게 아니었다. 주말이면 외출을 하자고 떼를 쓴 건 수진 씨나 수혁 씨가 아니라 옥자 씨였다. 수진 씨는 공부를 핑계로, 수혁 씨는 친구를 핑계로 옥자 씨와 밥을 먹어주지 않았다. 옥자 씨는 늘 혼자 밥을 먹었을 것이다. 옥자 씨의 말은 '밥 먹자'에서 '밥 먹어'로 바뀌었고 점점 함께하는 것에서 멀어지고 있었다.

밥을 먹던 옥자 씨가 갑자기 숟가락을 놓고 자리에서 슬그머니 일어섰다. 치료를 받으면서 힘든 것 중 하나가 배뇨 조절이 안 되는 거였다. 그 모습이 익숙한 수진 씨는 대수롭지 않다는 듯 손으로 화장실을 가리켰다. 옥자 씨는 화장실 근처에서 서성이더니 비상구로 들어갔다. 잠시 후 비상구 문을 열고 들어온 옥자 씨가 멋쩍게 웃으며 바로 옆 화장실 문을 열었다. 그 또한 여러 차례 겪은 일이었다.

수진 씨는 방금 옥자 씨가 사라졌다가 되돌아온 비상구를 쳐다보았다. 초록색의 비상구 팻말이 점멸하고 있었다. 비상구는 빨아들이는 블랙홀일까, 뱉어내는 화이트홀일까. 옥자 씨의 세상은 어느 쪽일까. 정성껏 빨아들이고 죽을힘을 다해 내뱉어 자식을 얻은 자리에 암이 생겼다. 그것을 옥자 씨는 빨아들일까, 뱉어낼까. 어떤 선택을 하든 자의였으면 좋겠고 옥자 씨만을 위한 방향이길 수진 씨는 바라고 있다.

수진 씨는 이참에 옥자 씨가 육아에서 벗어나야 한다고 생각했다. 치료하느라 고생한 옥자 씨도 이제는 오빠의 아이들을 돌봐줄 생각이 없어 보였다. 옥자 씨에게 필요한 건 경제적, 정신적 자립이었다. 수진 씨는 옥자 씨가 완전히 회복하면 옥자 씨 스스로 먹고살 만한 일을 함께 찾아보기로 했다. 뼈와 근육이 시원찮으니 일단 힘쓰는 일은 무리다. 이렇다 할 경력이 없으니 남의 돈 받는 일도 무리다. 그렇다면 옥자 씨 혼자 할 수 있는 창업이 가장 좋겠다. 엄마가 무엇을 좋아했었지? 엄마가 잘하는 것이 무엇이었지? 수진 씨는 질문지를 만들어 밤낮없이 고민했다. 자신의 미래가 아닌 다른 사람의 삶을 놓고 깊게 생각해보는 건 처음이었다.

치료를 마치고 돌아오는 차 안에서 수진 씨는 옥자 씨에게 진지하게 물었다. 혹시 취미나 직업으로 하고 싶은 것이 있느냐고. 옥자 씨는 한참 뜸을 들이더니 노래를 하고 싶다고 말했다. 노래? 그러고 보니 옥자 씨는 노래를 참 잘했다. 전국노래자랑에 나가서 최우수상을 받은 적도 있었다. 그때 송해 아저씨와 함께 찍은 사진이 아직도 냉장고에 붙어있다. 오래전 옥자 씨의 남편이 살아있을 때 일이다. 노래라……. 크게 힘이 들지도 않고 본인이 좋아하면서 잘하는 조건에는 들어맞았지만 노래로 먹고살 만한 일이 과연 있을까.

고민은 오래가지 않았다. 옥자 씨는 일단 노래를 제대로 배우고 싶다고 했다. 생각보다 적극적이었다. 옥자 씨는 늙은 성인 가요 작곡가의 개인 사무실에서 보컬 수업을 받기 시작했다. 문화센터 창업 교실에도 등록했다. 옥자 씨는 노래를 시작하면서 건강과 활력을 되찾아 가는 것 같았다. 살이 차오르고 피부에도 윤이 났다. 무엇보다 표정이 환해지면서 훨씬 젊어진 느낌이었다. 그동안 노래 안 하고 어떻게 살았는지 의아할 정도로 흠뻑 빠져들었다. 병원에서도 경과가 좋다고 했다. 노래가 옥자 씨 인생에 봄을 가져다줄 것 같았다.

옥자 씨가 노래하겠다고 선언했을 때 수혁 씨 부부는 만류하지 못했다. 이제라도 자신의 인생을 찾겠다는 옥자 씨 앞에서 다시 육아를 맡아달라고 부탁할 수 없었을 것이다. 수혁 씨는 그동안 애쓰셨다며 옥자 씨가 노래를 배울 수 있게 지원하겠다고 말했다. 모든 게 제자리를 찾는 느낌이었다.

창업 교실을 수료하고 노래를 시작한 지 석 달 만에 옥자 씨에게 수업 의뢰가 들어왔다. 작은 여성 센터에서 진행하는 무료 수업이었다. 평일 하루였지만 옥자 씨는 아이처럼 신이 났다. 수진 씨가 알기로 옥자 씨는 그런 일을 잘 해낼 사람이 아니었다. 그래서 걱정이었다. 의욕만으로 섣부르게 시작하는 건 아닌지, 겨우 되찾은 취미 생활마저 흔들리지는 않을까 염려되었다.

부모에 관해 자신 있게 말하지만 놀랍게도 제대로 알고 있는 자식은 드물었다. 수진 씨도 그랬다. 옥자 씨의 노래 교실은 의외로 승승장구하여 대형마트 문화센터에서도 수업 의뢰가 들어왔다. 옥자 씨는 바빠졌지만 바빠서 행복해 보였다.

수진 씨는 이제 자신이 없어도 되겠다 싶을 때 다시 미국으로 날아갔다. 모두가 그렇게 자기 자리에서 자신의 인생을 살며 안부를 묻는 것으로 가족의 역할을 다했다.

수진 씨가 다시 한국으로 날아온 건 일 년 육 개월이 지난 무렵이었다. 아직 해야 할 공부가 남아있었고 학기 중이었지만 수진 씨는 그곳에 있을 수가 없었다. 노래를 흥얼거리며 집에 들어온 옥자 씨는 기별 없이 날아온 수진 씨를 보고 기절할 듯 놀랐다. 정확히 말하면 수진 씨가 아니라 수진 씨가 움켜쥔 배를 보고 놀랐다. 그 잘난 딸이, 미국에서 제일 좋은 대학에 간 자랑스러운 딸이 당장 해산해도 이상하지 않을 만큼 부른 배를 안고 왔다.

수진 씨는 한 달 뒤 딸을 낳았다.

많은 고민과 준비를 해왔던 수진 씨는 계획한 대로 조리원에 들어갔다. 집에서 산후조리를 해주겠다는 옥자 씨를 한사코 거부했다. 산후조리는 원래 친정 엄마가 해주는 거라며 만만찮게 고집부리는 옥자 씨를 기어이 돌려보냈다. '친정 엄마는 무슨…… 결혼도 안 했는데 친정이 다 뭐야…….' 수진 씨는 '엄마'와 '친정 엄마'가 어떤 차이가 있는지 생각했다.

조리원에는 엄마가 된 여자들의 엄마들로 북적였다. 엄마가 된 여자들의 엄마들은 엄마 같은 말만 했다. '나'는 없고 '너'만 있는 문장들. 엄마가 된 존재들만 구사하는 화법. 엄마라는 단어는 엄마도 아닌데 왜 엄마 같은 느낌을 주는 걸까? 수진 씨는 자꾸만 엄마라는 단어가 신경 쓰였다. 자신이 그런 화법을 배울 수 있을지 의문이었다. 수진 씨는 조리원에서 보름 동안 지내다가 옥자 씨 집으로 돌아왔다.

애초부터 수진 씨는 누구의 도움도 받지 않을 생각이었다. 도와주면서 혹은 도와주는 척하면서 속으로는 한심하게 생각하거나 안쓰러워할 마음들을 거부하고 싶었다. 그런 마음들은 타인이든 가까운 사람이든 마찬가지였다. 도움을 받는 대신 모든 수모를 견디어라! 도움을 주는 대가로 네 인생을 욕할 자격도 주어라! 어린 나이에 혼자 날아간 미국에서 미국인처럼 살게 되기까지 수진 씨가 감당했던 타인들의 비정함은 오기로 얼룩진 자존심만 키웠다.

수진 씨는 매번 옥자 씨의 도움을 거절했다. 모든 걸 혼자 다 했다. 원인 모를 고열에 숨넘어가는 아기를 안고 십년감수한 게 한두 번이 아니었다. 일주일 치 샤워를 한꺼번에 해야 할 때면 욕실 앞에 아기를 재워두고 벌서듯 몸을 씻었다. 젖몸살이 심해 브래지어조차 두르지 못한 채 젖이 티셔츠 넘어 줄줄 흐르는 걸 방치해야 했다.

밥을 한 숟가락 떠 넣으면 아기가 울었다. 오줌을 싸고 있으면 아기가 울었다. 까무러쳐 잠든 지 한 시간도 안 되어 아기가 울었다. 아기는 울기 위해 태어난 것처럼 계속 울었다. 수진 씨도 울었다. 새벽만 되면 젖몸살이 너무 심했다. 직수를 해도 안 빠지고 오물쪼물 주물러도 안 빠지고 속절없이 아프기만 했다. 저 알아서 키워보겠다는 딸의 고집을 지켜보던 옥자 씨도 자신의 딸이 괴로워하는 걸 보고 있을 수만은 없었다.

늦은 밤 수진 씨의 방문을 열어본 옥자 씨의 눈에 양쪽 가슴을 쥐고 잠든 딸이 눈에 들어왔다. 식은땀을 닦아내는 젖은 수건의 감촉에 수진 씨가 눈을 떴다. 수진 씨의 눈에 옥자 씨가 보였다. 옥자 씨의 눈에 수진 씨가 맺혔다.

"엄마, 가슴이 너무 아파."

수진 씨가 잠이 덜 깬 아이처럼 울먹였다.

"그래. 알아, 알지."

"엄마들은 다 안대."

"엄마들은 다 알지."

식은땀을 닦던 수건은 수진 씨의 머리카락도 닦고, 수진 씨의 손과 발도 닦고, 수진 씨의 눈물도 닦아내었다. 그사이 수진 씨는 잠이 들었다. 그날 밤 수진 씨는 한 번도 깨지 않고 깊은 잠을 잘 수 있었다.

오후가 될 무렵 일어난 수진 씨는 아기가 보이지 않자 기겁하며 거실로 뛰어나왔다. 거실 한가운데 누워있는 아기는 물고기 모양의 모빌들을 바라보며 손발을 버둥거리고 있었다. 안심하는 순간 수진 씨는 자신의 상체에서 하나둘 떨어지는 이파리들을 보았다. 엄마야! 놀란 수진 씨가 몸을 탈탈 털어냈다. 부엌에 있던 옥자 씨가 달려 나왔다.

"왜 그래"

"엄마! 이게 뭐야?"

옥자 씨는 딸의 꼴이 웃긴지 키득키득 웃기만 했다. 옥자 씨는 꽁꽁 얼린 수건으로 밤새 수진 씨의 젖몸살을 풀어주었다. 냉동한 양배추를 엽전 모양으로 잘라 수진 씨의 양쪽 젖무덤 위에 올려주었다. 잘려 나간 양배추 잎들은 그러모아 겨드랑이 사이에 넣어주었다. 식어서 흐물흐물해지면 다시 언 양배추로 갈아주는 일을 여러 번 했다. 사실을 알고 난 수진 씨는 멋쩍게 웃으며 꾸덕꾸덕해진 양배추들을 떼어냈다. 온몸에 기운이 도는 듯했다.

"오늘은 수업 없어?"

홍합을 넣어 걸쭉하게 끓인 미역국을 떠먹으며 수진 씨가 물었다. 노릇하게 구워진 갈치를 발라 수진 씨 밥그릇에 올려놓던 옥자 씨는 일주일에 삼 일로 스케줄을 줄였다고 말했다. 시립 문화센터는 스케일은 크지만 강사에게 요구하는 게 너무 많아 피곤하다고 했다. 어차피 그쪽과는 재계약을 하지 않을 작정이었다며 갈치 살을 계속 발랐다. 수진 씨는 두툼한 갈치 살이 밥그릇에 오르기 무섭게 입 안으로 집어넣었다. 아기가 울자 옥자 씨가 가서 기저귀를 갈아주었다. 수진 씨는 밥 한 그릇을 뚝딱 비워냈다.

오랜만에 제대로 된 샤워를 한 수진 씨가 소파에 드러누웠다. 조리원에서 보던 소설책을 펼쳤다. 한껏 여유로웠다. 수진 씨에게 독서는 공부일 뿐 문학은 시간 낭비였다. 한때는 사치라고 생각되는 시간이었는데, 지금은 이보다 더 좋을 수 없는 순간이 되었다.

평화로운 집안에 초인종이 울렸다. 검은색 정장을 입은 수혁 씨는 양손에 사내아이들을 달고 왔다. 현관에 서서 아이들만 집 안으로 들여보낸 수혁 씨는 장모가 돌아가셨다는 비보를 전했다.

"아이고 좀 더 사시지. 아이고아이고."

소식을 들은 옥자 씨는 '아이고'를 연발했다. 의사 표현을 명확하게 할 수 없는 긴박한 상황에서 툭 튀어나오는 감탄사들. 돌심보를 들키지 않으려는 속임수의 단어들. 상황에 따라 뜻이 달라지는 요망한 말.

수혁 씨의 장모는 수혁 씨가 자기 딸과 연애할 때부터 반대했었다. 심지어 상견례 자리에서도 여전히 결혼을 반대한다는 의사를 밝히며 모두를 불편하게 했다. 남편의 빈자리가 무색하리만치 잘 키운 아들딸이 옥자 씨에겐 자랑이었지만, 사돈은 '그 점이 딱' 거슬린다고 했다. 얼마나 악착같이 살았을까, 쯧쯧. 수진 씨는 이해되지 않았다. 악착같이 살아온 게 잘못된 것일까? 악착같이 키운 자식이 왜 불편한 걸까? 수혁 씨는 반대를 무릅쓰고 악착같이 결혼했다. 수진 씨는 망자의 탐스러웠던 머릿결을 떠올리며 악착같이 살지 않아서 빨리 죽었을지도 모른다고 생각했다. 수혁 씨는 어린 아들 둘을 남기고 장례식장으로 향했다.

고요했던 집 안이 난장판으로 바뀌는 건 순식간이었다. 옥자 씨는 사내아이들을 쫓아다니며 치우고 닦거나 닦이느라 하루를 보냈다. 그 와중에 수진 씨의 아기가 보채면 슈퍼맨처럼 날아갔다. 수진 씨는 능숙하게 세 아이를 관리하는 옥자 씨를 바라보며 저런 일이 천직인 사람도 있을까 생각했다.

아기를 데리고 예방 접종을 다녀온 수진 씨에게 전화가 왔다. 학교였다. 저쪽에서 'expel' 따위의 단어를 뱉었다. 직전 학기 평점이 엉망이었다. 임신 사실을 알게 된 수진 씨에겐 그럴 만한 성적이었다. 휴학을 반복하고 유급까지 받은 수진 씨에게 학교 측은 관대하지 않았다. 미국의 학사 경고는 한국의 그것과 비교하면 매우 불길한 징조다. 수진 씨는 불안했다. 수진 씨 인생의 성취랄 것들이 모두 그곳에 있었다.

옥자 씨는 주 삼 일만 하겠던 문화센터 강의를 다시 이틀로 줄였다. 학교에서 연락을 받은 뒤로 수진 씨가 산후우울증과 같은 증세를 보였기 때문이다. 옥자 씨가 없을 때 수진 씨는 아기에게 젖을 먹이지 않는 것 같았다. 옥자 씨가 집으로 돌아와 보면 아기는 제 있는 힘을 다해 울음을 토해내고 있었다. 옥자 씨가 다그치면 수진 씨는 가슴이 너무 아프다는 말만 반복했다. 유축기로 모유를 저장하려는 옥자 씨를 밀치며 짜증을 냈다. 하는 수없이 옥자 씨는 분유를 탔다.

수혁 씨는 옥자 씨 집에 올 때마다 수진 씨가 못마땅했다. 수혁 씨는 자신의 아이들을 봐주지도 않는 옥자 씨에게 육아비만큼의 돈을 꼬박꼬박 입금하고 있었다.

"저 알아서 키운다더니 이게 무슨 꼴이야!"

수진 씨는 대꾸하지 않았다. 옥자 씨도 그런 아들을 나무랄 명분이 없었다. 돈은 꼬박꼬박 수혁 씨한테 받고 수진 씨의 아이만 봐주고 있는 상황이 늘 미안했다. 수혁 씨는 들으라는 듯이 큰 소리로 말했다.

"나는 육아비라도 줬지. 저 계집애는 뭐야! 공짜로 먹고 자고 일도 안 하면서 애는 엄마한테 맡기고! 산후우울? 어디서 배부른 짓이야!"

수혁 씨는 간밤 쌓아놓은 쓰레기를 버리듯 맺힌 말들을 버리고 돌아갔다.

수진 씨의 우울증은 나아질 기미가 보이지 않았다. 걸핏하면 깊은 잠에 빠져들곤 했다. 자고 일어나도 아기한테 관심이 없었다. 아기가 울면 양손으로 귀를 막았다. 옥자 씨는 딸도 안쓰럽고 딸의 딸도 안쓰러웠다.

평일 오후 자다 깬 수진 씨가 옥자 씨의 메모를 발견했다. 깨워도 일어나지 않아서 아기를 데리고 출근을 한다는 내용이었다. 시끄럽게 노래하는 곳에 갓난아기를 데리고 갔다는 게 화가 난 수진 씨는 얇은 카디건을 걸치고 문화센터로 향했다.

이미 수업이 한창인 강의실에는 중년에서 노년 언저리에 사는 여자들로 가득했다. 손에 마이크를 든 옥자 씨가 한 소절씩 노래하면 사람들이 그 소절을 따라 불렀다. 옥자 씨는 중간중간 반주를 커트시키며 아줌마들이 좋아할 만한 농담을 섞어 분위기를 고조시키곤 했다. 옥자 씨는 노래를 부르는 것보다 그런 상황이 즐거운 듯했다. 수진 씨가 기억하는 옥자 씨는 얌전하고 소극적인 사람이었다. 생소한 옥자 씨의 모습에 넋을 잃었던 수진 씨, 그때 그녀의 눈에 아기가 들어왔다.

아기는 강의실 앞쪽 귀퉁이에 있었다. 요람기에 누워서 뭐가 좋은지 손발을 허공에 버둥대며 입을 오물거렸다. 다시 반주가 시작되었고 옥자 씨의 노랫소리가 마이크 앞에서 크게 울렸다. 수진 씨가 무대 위에 난입해 옥자 씨의 마이크를 빼앗았다.

"내 아기 병신 만들려고 그래?"

옥자 씨는 당황했고 수강생들은 숙덕거렸다. 분위기를 환기할 요량으로 옥자 씨는 껄껄 웃으며 농담을 날렸다.

"제가 말한 그 딸내미가 얘예요. 교과서만 봤는데 명문 대학 수석으로 갔다는 그 전형적인 모범생 말이에요. 하하하."

강의실이 순식간에 웃음소리로 가득 찼다.

"제 새끼 찾으러 온 모양……."

"그만해!"

옥자 씨가 다시 멘트를 날리려는 순간 마이크가 바닥으로 나동그라졌다. 수진 씨가 옥자 씨의 마이크를 집어 던진 것이다.

수진 씨가 더 화가 난 까닭은 옥자 씨의 눈에서 분노가 아닌 슬픔을 읽었기 때문이었다. 어떤 경우에도 화를 내지 않는 옥자 씨. 음주 운전으로 남편을 죽인 그 살인마한테도, 대놓고 자신을 무시했던 사돈 앞에서도, 여행이다 뭐다 심심하면 손자를 맡기고 사라지던 아들한테도, 미국에서 배불러 들어온 딸한테도 옥자 씨는 화를 내지 않았다. 심지어 단 한 번도 누구 자식이냐 묻지도 않았다. 그것이 배려인지 모르겠지만 옥자 씨가 묻지 않아서 수진 씨는 실수가 아니었다는 변명도 하지 못했다. 옥자 씨의 방식 따위 알고 싶지 않다. 수진 씨는 옥자 씨의 눈에서 자기 연민으로 반짝거리는 자신을 보았다. 수치스러웠다. 수진 씨는 바둥바둥 혼자 잘 노는 아기를 들쳐 안고 강의실을 나왔다.

퇴근한 옥자 씨가 집에 돌아왔을 때 수진 씨는 식탁에서 술을 마시고 있었다. 아기는 거실에서 자지러지게 울고 있었다. 옥자 씨가 또 무슨 요술을 부렸는지 아기 울음이 뚝 끊겼다. 수진 씨는 전혀 신경 쓰지 않고 술만 들이켰다. 어느새 잠든 아기를 방에 두고 나온 옥자 씨가 수진 씨 앞에 앉았다. 옥자 씨는 아무 말 없이 수진 씨만 쳐다보았다. 그 어떤 감정도 담지 않은 담백한 표정으로, 어떤 얘기가 총알처럼 튀어나와도 다 받아낼 총알받이처럼, 묵묵히 수진 씨를 눈에 담고 있었다. 곧 엄마 같은 말들이 쏟아질 순서였다.

수진 씨는 수업하던 옥자 씨를 떠올리는 중이었다. 옥자 씨가 그렇게 행복해 보이는 건 처음이었다. 서른하나에 사별, 남은 아들과 딸, 생긴 손자와 손녀. 그러나 옥자 씨는 짜지도 맵지도 싱겁지도 않게 살았다. 그래서 썩 불행해 보일 때도 대단히 행복해 보일 때도 없었다. 그런데 사람들 앞에서 노래하던 옥자 씨는 삶에 진심인 여자처럼 보였다. 그 순간 수진 씨는 자신이 옥자 씨를 위해 만들었던 질문지를 떠올렸다. 엄마가 무엇을 좋아했었지? 엄마가 잘하는 것이 무엇이었지? 그 질문들이 별안간 자신을 향해 날아들었다. 수진 씨는 답을 알고 있었다. 답을 알고 있는 게 더 잔인한 상황이라는 것도 알고 있었다. 옥자 씨는 수진 씨의 고운 손 위에 자신의 거친 손을 얹었다. 결국, 옥자 씨는 엄마 같은 말을 하고야 말았다.

"가도 괜찮아."

수진 씨가 참아왔던 눈물을 퍼부었다. 옥자 씨의 말이 자신의 눈물 속에서 꼼짝하지 못하도록 계속해서 울었다. 옥자 씨는 수진 씨 옆으로 가 울고 있는 딸을 꼭 껴안으며 말했다.

"괜찮아. 울지 말고 가. 엄마가 있는데 뭐가 걱정이야."

수진 씨는 생각했다. 울면서 생각했다. 옥자 씨는 왜 이렇게 씩씩할까. 뭘 믿고 다 괜찮다고 말하는 걸까. 엄마도 없는 주제에. 엄마 같은 말을 해줄 엄마도 없는 주제에.

옥자 씨는 수진 씨에게 봉투를 내밀었다. 천만 원이었다. 수진 씨는 받을 수 없었다. 옥자 씨는 오빠가 주는 거라는 말을 보탰다. 수진 씨 눈이 동그래졌다. 오빠라는 건 그런 거라고 옥자 씨가 말했다. 엄마라는 건 이런 거라는 말로 들렸다. 수진 씨는 물끄러미 봉투를 바라보았다. 기숙사 문제가 해결될지 미지수였다. 장학금도 물 건너갔다. 아르바이트를 하더라도 당장 생활비가 없었다. 무작정 편도 비행기 표만 끊었다. 가고 싶었다. 옥자 씨 마음이 바뀌기 전에 가야 했다. 수진 씨 마음이 흔들리기 전에 가야 했다. 수진 씨는 돈 봉투를 가방 속에 집어넣었다.

택시 타고 가겠다는데 수혁 씨가 기어코 데리러 왔다. 수혁 씨가 운전하는 차가 공항에 도착할 때까지 차 안에서는 아무 말이 없었다. 수속을 마칠 때까지도 모두 입을 다물고 있었다. 항공기 탑승 안내 방송이 나오자 수진 씨는 수혁 씨에게 다가가 나지막이 말했다. 고맙다고. 수혁 씨는 수진 씨 말에 별다른 반응을 하지 않았다. 게이트에서 수진 씨의 작은 몸이 사라지자 비로소 수혁 씨가 혼잣말을 했다. 엄마 같은 말은 아니었다.

비행기가 활주로 위를 천천히 움직인다. 활주로는 비행기가 상공에 이르기 위해 발돋움을 하는 곳이다. 반대로 상공에서 지상으로 닿기 위해 충격을 보듬는 역할을 한다. 어떤 마찰도 없이는 날 수도 내려올 수도 없다. 갑자기 비상하고 별안간 착지하는 일은 없는 것이다. 세상의 모든 엄마가 활주로에 서서 비행기를 떠민다. 엄마 같은 말들이 연료가 된다. 비행기가 이륙한다. 수진 씨가 날아간다.

집에 돌아온 옥자 씨는 며느리 품에 안겨있는 수진 씨 아기를 향해 손뼉을 치며 다가간다.

"아이고아이고 내 새끼."

할머니 목소리에 잠에서 깬 손자들이 거실로 나온다.

"아이고아이고 내 새끼들."

말에 장단을 실으며 요란하게 손뼉을 친다. 그때 옥자 씨의 휴대폰에 문자메시지가 뜬다. 메시지를 확인한 옥자 씨가 다시 손뼉을 치며 말장구를 잇는다.

"아이고아이고 잘됐네, 아이고아이고 잘됐어."

"무슨 좋은 일 있으세요?"

며느리가 묻는다.

"암요암요, 있지요."

아기를 건네받은 옥자 씨는 리듬을 타며 몸을 들썩인다. 그사이 문자메시지가 또 울린다.

-현옥자 선생님, 다음 학기부터 선생님의 강좌가 폐강될 것

같습니다.

예상했던 일이 예상대로 벌어지고 있다. 옥자 씨는 정작 자기 일에는 엄마 같은 말들이 떠오르지 않는다. 엄마 같은 말은 자식 앞에서만 나오는 까다로운 언어 체계. 아기를 안고 흔들던 옥자 씨의 박자가 한풀 잦아든다. 아기가 운다.

작가의 말

첫 소설집을 냈을 때 작가의 말에 이렇게 썼다. '아름다운 소설이 아니라서 미안하다'라고. 그 문장을 쓰면서 많이 슬펐던 기억이 난다. 그래서 두 번째 소설집은 아름다울 줄 알았다. 막상 원고를 다 읽고 깨달았다. 나는 내내 아름다운 소설을 쓰지 못했구나. 어쩌면 독자들에게 계속 미안해야 할지도 모르겠다.

나의 시선은 아프고 슬프고 나약한 사람들을 향해 있다. 그들에게 함께 아파할, 적어도 공감할, 혹은 싸워줄 인물을 만들어주고 싶었다. 그런데, 그들과 연대하는 인물들 역시 아프고 슬프고 나약하다. 허무한가? 아니다. 여기서 중요한 점은 세상 사람들 팔할이 그렇다는 것. 나도 팔할, 당신도 팔할. 그러니 우리는 힘이 세다.

이 책의 모든 인물이 절대 나약하다고 생각하지 않는다. 그 까닭은 깨달음이라고 해두자. 인물들은 모두 깨닫는다. 깨달음은 성장일 수도 있고 삶의 동력일 수도 있지만, 끔찍한 현실을 자각하는 거울일 수도 있다. 어떻게든 살아있기에 가능한 깨달음. 오직 살아있다는 것만이 희망이어서 희망적인 사람들. 물론, 그것으로 변명을 대신하지는 않겠다.

나는 영영 아름다운 소설을 쓰지 못할 것 같다. 때로는 그게 두렵기도 한데, 그래도 괜찮다고 말해주는 독자들이 있어서 얼마나 다행인지 모른다. 언젠가 내가 아름다운 소설을 쓰게 된다면, 삶이 얼마나 눈부시게 아름다운지를 소설로 쓰게 된다면 그것은 모두 지금까지 괜찮다고 말해준 독자들 덕분일 것이다. 괜찮다는 말의 힘을 나는 너무 늦게 깨달았다.

2023 겨울
이은정

해설

전망이 아닌 희망의 서사

이경재(문학 평론가)

1. 밀실과 광장의 변증법

이은정의 『비대칭 인간』은 한국문학이 오랫동안 잊고 있던 소설의 역능을 떠올리게 하는 문제작이다. 그것은 바로 삶의 방향을 제시하는 소설의 윤리적 기능과 연결된 것이라고 할 수 있다. 소설이 창공의 별이 사라진 시대의 서사시라는 것은 익히 알려진 바이다. 근대의 산물인 소설은 고독한 밀실에 갇힌 개인이 쓰고, 또 다른 밀실에서 그것을 읽는 개인에 의해 유지되는 예술 장르라고 할 수 있다. 그러나 소설은 밀실의 고독을 뛰어

넘어 언제든지 광장을 지향하는 충동을 지니고 있다. 그러한 충동은 함께 바라보고 의지하는 '창공의 별'을 향한 지향이라고도 할 수 있으며, 그 지향은 삶의 방향과도 깊이 연관되어 있다. 소설은 광장 지향성과 밀실 지향성의 변증법을 통해 전개되는 예술 장르인 것이다.

한국의 현대 소설사만 간단히 살펴보아도 두 개의 지향성은 선명하게 아로새겨져 있다. 개화기부터 시작된 소설의 강력한 계몽 지향의 파도가 사라지고 난 이후에는, 개인의 내면을 향한 목소리가 은근하지만 강력하게 울려 퍼졌던 것이다. 1920년대 초반 염상섭 등이 전 시대의 계몽적이고 공리적인 문학관에 반발하여 근대인의 병리적 내면을 치밀하게 탐구한 것은 널리 알려진 사실이다. 삶의 가치나 나아갈 방향은 이제 미미한 개인들이 스스로 찾아내야만 한다고 당시의 소설들은 속삭였던 것이다. 이때의 개인은 집단에서 분리된 자아를 나타내는 폭넓은 개념의 개인이 아니라[1] 독립성과 자율성을 핵심적인 특징으로 하는 근대적 개인을 말한다.[2] 그러나 곧이어 등장한 KAPF(조선프롤레타리아예술가동맹)의 강력한 위상에서도 알 수 있듯이, 소설에 나타난 밀실 지향성은 더욱 강력해진 힘으로 등장한 광장 지

---

[1] 아론 구레비치는 집단에서 분리된 자아라는 폭넓은 의미로 개인(個人)이라는 개념을 사용하여, 고대 북유럽 신화에서도 개인의 모습을 찾아내고 있다. (아론 구레비치, 이현주 옮김, 『개인주의의 등장』, 새물결, 2002, 120~164쪽.)

향성의 도전에 직면하게 되었다.

최근의 사례로 좁혀 보면 1980년대의 강렬했던 공동체 지향의 문학이 휩쓸고 지나간 자리에는 온통 진정성의 고백만으로 자신의 몫을 다한 듯한 1990년대 문학이 존재했다. 1980년대 소설이 대타자 이념에 의해 구축된 서사와 전망에 바탕해 삶의 지향을 제시했다면, 1990년대 소설은 다시 한번 밀실에서의 상상력과 감수성을 전면화시키며 삶의 방향을 고민했던 것이다. 전 시기 소설의 성과와 한계를 이어받은, 2000년대 한국 소설은 이념이 아닌 윤리를 '창공의 별' 삼아 고독한 개인의 상상력을 최대한 활성화시켰다고 할 수 있다. 이러한 2000년대 한국 소설이 지향했던 이상적 바람이 역사적 사건으로 실현된 것이 어쩌면 '촛불'인지도 모른다. 촛불집회는 개인의 고유한 율동이 어느 정도 숨쉬면서도 공동체의 기본적 대의가 크게 훼손되지 않은, 개인과 보편의 조화를 일정 부분 시연한 사건이었다. 우리의 삶 한복판에서 개인주의의 파편화된 소외와 전체주의의 획

2) 로크는 독립성과 자율성의 개념을 개인의 절대적 권리라는 기본적 가치 속에서 처음으로 결합시켰다. 이때 독립성은 인간의 본성이 분리되고 개별화되어 각자가 자기 보존에 필요한 특수한 이익을 추구하게 되었음을 의미하고, 자율성은 각자가 천부적으로 지닌 합리적 이성의 힘으로 자신의 삶을 결정할 수 있게 되었음을 의미한다.(알랭 로랑, 김용민 옮김, 『개인주의의 역사』, 한길사, 2001, 51~52쪽) 알랭 르노는 독립성이란 개인이 자기 자신 외에 그 어떤 다른 것에도 복종하려 하지 않는 상태를 의미한다. 완전한 독립성, 완벽한 자기 충족성은 어떻게 보면 결국 자유로운 혹은 자발적인 의지를 제한할 수 있는 모든 규제를 거부한다는 것과 일치한다. 자율성은 자유와 양립할 수 있는 종속성에 의해 탄생한다. 자율성이란 인간의 규칙, 다시 말해 자동 설립된 규칙에 대한 종속성인 것이다. 알랭 르노는 근대 민주주의 개념을 구성하는 것은 독립성이 아니라 자율성이라고 주장한다.(알랭 르노, 장정아 옮김, 『개인』, 동문선, 2002, 40~51쪽)

일적인 독재를 벗어날 수 있는 가능성의 난장이 벌어졌던 것이다. 그러나 그 이후의 시대적 상황은 우리에게 다시 광장과 밀실의 변증법을 고뇌해야만 한다는 과제를 묵직하게 던져주었다. 이것은 개인의 고유성과 공동체의 보편성을 조화시키는 문제일 수 있으며, 더욱 근본적으로는 바람직한 인간의 존재 방식을 탐구하는 문제로 연결된다고도 볼 수 있다.

문학사에서 개인이 문제되는 것은 특정한 역사철학적 상황에 서이다. 특정한 이념이나 담론이 지배적인 상황에서 개인의 존재 방식은 문제되지 않는다. 권위적인 대타자의 가장 큰 역할은 총체성의 우주 속에 개별 인간들의 자리를 배치해주는 것이기 때문이다. 이때의 문제는 그 주어진 자리에서 살아가는 개별 주체의 신의나 능력에 대한 것이지, 존재 방식 그 자체일 수는 없다. 그러나 상징계적 효력이 소멸하고 대타자가 부재한 상황에서는 삶의 주체로서의 개인이라는 문제가 다시 중요하게 부각된다. 따라서 오늘 개인의 가치지향을 묻는다면, 그것은 개별적 존재자의 삶에 대한 성찰인 동시에 새로운 공동체의 전망에 대한 탐구일 수밖에 없을 것이다. 이은정의 『비대칭 인간』은 이러한 시대적·문학사적 흐름 속에서 전망이 아닌 희망의 방식으로 삶의 가능성을 질문하는 독특한 작품집이라고 할 수 있다.

2. 삶의 최소 낙원으로서의 '엄마'

「유령 가족」은 끔찍한 가족의 실체를 적나라하게 보여주는 소설로서 이 작품의 등장인물들은 악인이라기보다는 정신병자에 가까운 사람들이다. 남편은 팬티만 입은 채로 인천에 있는 전처의 집에서 추락사한다. 남편의 전처인 조성숙은 남편과 사는 내내 남편을 못살게 굴었던 인물로, 술에 취하면 각종 폭력을 휘두르고는 했다. 남편은 아이의 양육권을 얻고 조성숙의 생활비를 책임지는 조건으로 조성숙과 이혼하였다. '나'는 남편이 이혼소송을 하는 중에 만나 결혼했지만, 남편은 '나'와 재혼한 이후 불안증과 우울증에 시달렸다.

'나'는 영안실에서 남편이 "조성숙의 집에서 조성숙의 술친구가 되어주고 과격하게 변하는 조성숙의 모습을 지켜보았고 과거의 공포에 고스란히 노출되면서도", 밤마다 전처인 조성숙을 만나러 다녔다는 사실을 알게 된다. 영안실에서 만난 조성숙은 "남편은 말이에요. 그걸 좋아했다고요. 불안해하면서 즐겼다고요. 그렇게 이어지는 섹스를 경험하면 아무도 벗어날 수 없어요"라는 말을 던져 '나'에게 커다란 의문부호를 선물한다.

'나'는 이러한 현실을 접하며 죽은 남편은 "평온하고 이상적인 가정을 꿈꾸면서 위험한 섹스를 그리워한" 파렴치한 "이중인

격자"였다고 규정한다. '나'를 고통스럽게 하는 것에는 남편이나 남편의 전처였던 조성숙뿐만 아니라 시집 식구들도 포함된다. 남편의 누이인 함정희는 극도로 이기적이고 반사회적인 모습을 보여준다. '나'를 보자마자, "장례식을 왜 인천에서 하느냐고. 왜 마음대로 결정하느냐"라고 질책하기도 하고, "그 손톱 좀 어떻게 해! 남편 잡아먹은 여자라고 티 내는 거야?"라며 야단을 치기도 한다. 시어머니인 고달자 역시 "악담과 원망"을 퍼부으며, '나'를 고통의 극한으로 몰아붙인다. '나'에게 약간의 동정이나마 베푸는 이는, 도로에서 처음 본 생판 남인 차량 운전자뿐이다.

이후에도 조성숙과 시집 식구들의 '미친 짓'은 계속 이어진다. 이런 현실로부터 '내'가 도피하는 것은 하와이에 있는 유령가족을 통해서만 가능하다. '나'는 장례식이 끝나자마자 쟁쟁한 친정 식구들이 사는 하와이로 돌아가겠다고 선언한다. 이 순간만은 시어머니도 "그래, 한국보다 하와이가 낫겠지. 거기에 에미 친정 식구들이 있으니까 주은이한테 가족도 생길 테고, 친정이 잘 산다고 하니까 애 교육도 잘 시킬 테고, 훨씬 낫겠지"라며 처음으로 '나'에게 우호적인 반응을 보인다. 결혼 전부터 시어머니는 '나'의 집안 배경을 매우 맘에 들어 했던 것이다.

사실 '나'는 하와이에 한 번도 가보지 못한 것은 물론이고 가족도 없이 교회 복지관에서 자랐다. '나'는 이상적인 가정을 꾸리는 게 삶의 목표였지만, 그리해서 피나는 노력으로 학력과 커리어를 쌓아나갔지만, 그것들은 "내가 갖지 못한 배경에 가려지기 일쑤"였다. 그렇게 해서 만들어낸 것이 삐까번쩍한 하와이의 유령 가족들이었던 것이다. 그리고 이러한 유령 가족은 현대인의 필수적인 덕목으로까지 그려진다.

알고 보면 유령 가족은 누구에게나 있었다. 사람들은 멀쩡하게 살아있는 가족을 두고 유령 가족을 들먹이기도 했다. 몇십 년, 몇백 년 전에 죽은 조상을 내세워 자기 집안을 과시하곤 했다. 지금 생각하면 그게 얼마나 물색없는 짓인가 싶지만, 실제로 조상이 스펙이 되기도 했던 시절에 나는 청춘을 살라 공부만 했다. 그러나 매번 그들에게 지고 말았다.

작품은 같은 복지관에서 자랐으며 마침내 '나'처럼 유령가족을 만들어 결혼 생활을하다 파경에 이른 요셉과 하와이에서 '진짜 가족'을 만들 계획을 하는 것으로 끝난다. 이 가족에는 남편이 전처인 조성숙과의 사이에서 낳았던, 약간의 자폐 스펙트럼 장애를 가진 아이까지 포함되어 있다.

「엄마 같은 말」은 피를 나눈 진짜 가족이 얼마나 따뜻하고 끈끈한 것인지를 보여주는 작품이다. 「엄마 같은 말」의 엄마는 사라져가고 있는 모성을 환기시키는 인물이다. 옥자 씨는 "사회성도 사교성도 없는 사람"이지만 자식을 향한 사랑만은 지극하다. 옥자 씨는 암癌 발병을 계기로 평소에 소질이 있던 노래 가르치는 일을 하기로 결심한다. 옥자 씨의 노래 교실은 의외로 승승장구하여 문화센터에서도 수업 의뢰가 들어온다. 노래 교실에서 너무나 행복해하는 옥자 씨는 딸 수진이 평소 보아오던 소극적인 모습의 엄마와는 너무나도 다른 모습이다.

  미국에 유학 중이던 수진은 임신을 하여 엄마의 곁으로 돌아온다. 수진은 조리원에서 "엄마가 된 여자들의 엄마들"을 만나며 그들의 "엄마 같은 말"에 주목한다. '엄마 같은 말'의 핵심은 "'나'는 없고 '너'만 있는 문장들"이다. 수진은 자신이 그런 화법을 배울 수 있을지 의문을 갖는다. 수진이 아이를 낳자 옥자 씨는 밤새 수건으로 딸의 젖몸살을 풀어줄 정도로 헌신적이다. 옥자 씨는 암 발병 전 이미 아들인 수혁의 자식 둘을 키워온 바 있다. 이후에도 옥자 씨의 자식을 위한 헌신은 조금도 변치않는다. 수진이 학점이 엉망이어서 학교로부터 강력한 경고를 받고 산후우울증과 같은 증세를 보이자, 옥자 씨는 주 삼 일 하던 문화센터 강의를 이틀로 줄인다. 이 작품에서 옥자 씨는 천사와 같은 존재라고 해도 과언이 아니다. 옥자 씨의 핵심적인 특징은 "어떤 경우에도 화를 내지 않는"다는 것이다. "음주 음전으로 남편을 죽인 그 살인마한테도, 대놓고 자신을 무시했던 사돈 앞에서도, 여행이다 뭐다 심심하면 손자를 맡기고 사라지던 아들한테도, 미국에서 배불러 돌아온 딸한테도" 옥자 씨는 화를 내지 않았던 것이다.

결국 옥자 씨는 수진에게, 자식은 자신에게 맡기고 미국으로 가라는, 역시나 "엄마 같은 말"을 한다. 그것도 모자라 옥자 씨는 수혁으로부터 받은 천만 원이 든 봉투까지 수진에게 건넨다. 작품은 집으로 돌아온 옥자 씨가, 자신의 다음 학기 강좌가 폐강됐다는 문자메시지를 받고도 손주들을 정성껏 돌보는 것으로 끝난다. 「유령 가족」의 정신병자들로 이루어진 가족의 모습은 「엄마 같은 말」의 옥자 씨가 엄연한 지배인으로 군림하는 진짜 가족의 따뜻함을 더욱 부각시킨다고 할 수 있다.

3. 투명한 절망에서 다시 시작하기

그러나 인간은 언제까지 가족들과만 지낼 수는 없으며 어느 순간 사회로 나아가야만 한다. 「입금하는 사람」과 「침대는 잘못이 없었다」는 이제 막 세상으로 나아간 청년들이 사회와 부딪치며 내는 마찰음을 섬세하게 묘파한 작품들이다.

「입금하는 사람」의 '나'는 시간제 알바생으로서 고향을 떠나 서울의 작은 원룸 '해피하우스'에서 살아간다. 생존 자체가 삶의 가장 중요한 목표이자 유일한 목표인 '내'가 관심을 가지는 단 한 가지는, 벽의 곰팡이를 제거하는 것이다. 생선 다루는 일을 하던 부모에게서 나던 비린내를 피해 서울까지 온 '나'는 곰팡이의 악취에서만큼은 벗어나고 싶은 것이다. 카드값도 제때 못 내는 '나'는 벽지까지 바꾸어가며 필사적으로 곰팡이를 제거하고자 한다. 이 과정에서 '나'는 곰팡이가 벽의 결로結露에서 비롯된 것임을 인지한다.

다행히 '나'는 지금 사는 원룸의 계약이 만료됨과 동시에 조금은 살기 편한 원룸 '행복빌'로 이사를 가게 된다. 그런데 문제가 발생한다. 짐을 다 빼고 집주인에게 전화를 하자 집주인이 온갖 지청구를 퍼붓는 것이다. 그 내용은 집을 엉망으로 사용했다는 것으로 거기에는 "벽에 곰팡이까지 만들어놨어"라는 것까지 포함되어 있다. 다른 건 몰라도 '나'는 곰팡이의 악취가 싫어 벽지까지 바꾸었는데 그러한 사정이 완전히 무시된건 억울하다. 결국 집주인은 자신이 새로 벽지를 교체했다며 '나'에게 십삼만 원을 입금해야만 보증금을 돌려주겠다고 으름장을 놓는다.

이런 억울한 상황에서 '내'가 의지할 수 있는 것이라곤 인터넷 검색뿐이다. 인터넷에는 대부분 포기하라는 조언들이 가득하지만 그중에는 "결로가 문제라는 증거가 있으면 승산 있다"라는 내용의 글도 있다. 이전에 벽지를 바꾸며 결로 현상을 확인한 바 있던 '나'는 결로가 생긴 외벽의 사진을 확보하기 위해 '해피하우스'로 향한다. 사실 '나'는 보증금을 받아야지만 새집에 잔금을 치를 수 있는 처지이기도 하다. 좌충우돌한 결과 '나'는 벽의 결로 현상을 사진으로 찍는 데 성공하고, 그것을 집주인에게 보낸다. 그러나 몇 분 후 집주인은 "곰팡이가 결로 문제라는 전문가의 소견을 받아오라"라는 문자메시지를 보낼 뿐이다.

다시 유일한 의지처인 인터넷을 검색한 결과는 '나'를 절망에 빠뜨린다. 간단히 전문가를 통해 결로 체크만 하는데도 인건비가 십만 원이라는 것이다. 이런 상황에서 '나'는 "이 나라가 이 모양 이 꼴이 되어가는 이유가 스스로 피해자를 자처하고 권리를 포기하는 사람들 때문이 아니겠는가. 내가 지금 포기하면 또 다른 세입자들이 피해를 볼지도 모른다"라는 대의명분을 떠올리며 정의를 향해 직진한다. 이러한 직진의 결과 '나'는 인건비 십만 원과 소견서 발급 비용 삼만 원, 총 십삼만 원을 써가며 전문가의 소견서까지 받아내는 데 성공한다.

당당히 소견서를 들고 "짓밟힌 자존심에 정중한 사과를 받으리라 다짐"하며 주인을 찾아갔을 때, '나'는 어처구니없게도 살인 용의자로 경찰에 체포되고 만다. 때마침 '해피하우스'에서는

301호 사람이 살해되는 일이 발생하고, 곰팡이 문제로 그 집을 드나들던 '나'가 유력한 살인 용의자가 된 것이다. 경찰서에 온 주인은 '나'에게 불리한 증언만 잔뜩 늘어놓는다. 다행히도 그 다음 날 진범이 잡힘으로써 '나'는 풀려나고 그제서야 주인은 보증금을 입금해준다. 정의를 위한 노력으로 '나'는 주인에게 십삼만 원을 입금하지 않아도 되었지만, 바로 그 정의를 위한 노력으로 '나'는 십삼만 원과 살인 누명까지 뒤집어 쓰게 된 것이다.

이러한 일을 겪으며 '나'는 "애초 주인 여자의 요구대로 십삼만 원을 주고 공손한 을의 태도를 보이는 게 옳았을까"라고 자책하며, 전문가로부터 받은 결로 관련 소견서를 찢어버린다. 그러고는 엄마와 통화하며 자신이 다시는 "벽"과 싸우지 않을 것을 다짐한다. 이사한 집에서 곰팡이를 발견했을 때는 그냥 곰팡이와 잘 지내기로 결심까지 한다. 어딘가에 돈을 입금해야 하는 을들은 "벽을 가질 수도, 이길 수도 없다는 걸 깨달"은 결과이다. 이 사회의 을인 '나'는 어린 시절 '생선내'에서 벗어날 수 없었듯이, 성장한 후에는 결코 '곰팡내'에서 벗어날 수 없는 운명인 것이다.

이 지지리 궁상의 풍경에는 어떠한 전망도 없다. 오히려 정의감에 불타던 청년은 자신이 마주한 "벽"에 좌절하여 그대로 순종하는 모습을 보여주고 만다. 전망이라는 측면에서 이 소설은 그 어떤 것도 제시하지 못하는 것이다. 그러나 '내'가 우여곡절 끝에 도달한 이 절망의 자리는 참으로 투명하여 담담하기까지 하다. 어쩌면 이은정은 때문은 희망보다는 투명한 절망으로부터 다시 시작해보자고, 가만히 우리의 어깨를 두드리는 건지도 모르겠다.

「침대는 잘못이 없었다」의 주인공 화영은 "논두렁에 네 다리가 얽매인 소처럼 손발 아끼지 않고 살아도 겨우 학교를 졸업하고 운 좋으면 겨우 취직할 수 있는 21세기 대한민국의 이십대" 여성이다. 화영은 "여섯 가구가 사는 시끄러운 다가구 주택"에 사는데 그 집을 무척이나 부끄러워한다. 그래서 화영은 이 건물에 들어설 때마다 되돌아보는 습관이 있다. 그 모습은 "아무에게도 들키고 싶지 않은 장소로 들어가는 사람처럼" 보일 정도이다. 「침대는 잘못이 없었다」의 화영은 「입금하는 사람」의 주인공처럼 가난한 우리 시대의 젊은이인 것이다.

화영은 학자금 대출을 받아 학교에 다녔고, 쉬지 않고 알바를 해서 생활비를 버는 젊은이이다. "화영의 주위에 부러울 만큼 형편이 좋은 친구는 없었다. 다들 그렇게 살았다. 다들 그렇게 살아서 별로 좌절하지 않았다"라는 말에서 알 수 있듯이, 화영의 삶은 시대적 보편성을 지니고 있다. 화영 스스로도 "빚을 내

서라도 대학교에 다니고 월세지만 독립된 집이 있고 알바지만 꾸준하게 돈을 벌었고 착한 남친까지 있으니 이십 대의 구색은 다 갖춘 격이라 생각"한다.

그런 화영이 '착한 남친'인 태호로부터 이별 통보를 받는다. 이별의 이유는 "침대가 불편했어"라는 사소한 것이다. 그러나 화영이 외출을 싫어하는 바람에 데이트를 집 안에서만 했다는 것을 생각한다면, 사소하다고만 할 수도 없는 이유이다. 사실 태호도 화영보다 나을 것 없는 처지이다. 투룸 빌라를 누나와 함께 쓰는 태호는 자신의 방이 작아서 싱글 침대조차 놓을 수 없다. 그래서 데이트는 화영의 작은 집에서만 했던 것이다. 화영은 편의점 알바도 잘린 상황에서 태호에게 이별 통보까지 받았다. 그러나 다음의 인용문에서처럼 화영은 결코 좌절하거나 절망하지 않는다.

사랑은 얼마든지 시작되고 또 실연을 당하고 그것을 반복하다 보면 마음은 늘어난 고무줄처럼 느슨해져서 웬만한 상처들은 아무것도 아닌 게 된다. 인생은 쉽게 찢기지 않았다. 너무 두꺼워서 어쩌다가 페이지 하나씩이 구겨질 뿐이었다.

그러나 믿고 의지했던 태호의 결별 선언은 결코 사소한 일만은 아니어서, 화영은 자신보다도 더 어려운 처지의 사람들에게 화풀이를 한다. 화영은 101호의 할머니에게 찾아가 폐지와 공병을 건물 앞에 모아두어 불편하다고 일갈하고, 201호에 가서는 쌍둥이 엄마에게 아이들 때문에 시끄러워 죽겠다고 소리 지르고, 302호로 올라가서는 배불뚝이 남자에게 창문을 왜 그렇게 세게 닫느냐고 항의하고, 301호에 가서는 왜 그렇게 온종일 찬송가를 크게 부르느냐고 따진다. 조금 기분이 풀린 화영은 결별의 계기가 된 침대를 건물 입구에 내다버린다. 잠시 후 평소 화영과 유일하게 마찰이 없던 102호 여자가 화영을 찾아와, 버리려고 놓아둔 침대를 자신이 사용해도 되겠느냐고 허락을 구한다. 화영은 침대 옮기는 것을 도와주느라 102호에 들어갔을 때 102호 여자가 여러 마리의 개들과 동거하고 있다는 것을 발견한다. 102호 여자는 그 반지하 집이나마 쫓겨나는 것이 두려워 누전漏電 때문에 불이 들어오는 것도 주인에게 말하지 못하고, 필사적으로 개소리를 포함한 어떤 소음도 내지 않으며 숨죽인 채 살고 있었던 것이다. 102호 여자는 그동안 화영의 집에서 나는 "삐걱거리는 소리, 텔레비전 소리, 변기 물 내리는 소리, 세탁기 돌아가는 소리"가 다 들렸다고 말한다. 그런데 늘 개들과 침묵 속에 살았던 102호 여자는 정말 듣기 힘들었던 소리가, 화영이 태호와 데이트를 하며 내던 "웃음소리"였다고 고백한다.

화영은 102호 여자에게서 다음과 같은 성자聖者의 모습을 찾아
낸다.

통성명을 하지도 서로 나이나 직업을 묻지도 않았지만 비슷한 또래로
보이는 여자가 내뱉는 말에는 밀도가 꽉 차 있었다. 침대를 옮기기 위해
여자의 집으로 들어갔을 때 화영은 여긴 사람 살 곳이 아니라고 생각했었
다. 반지하에 산다고 해서 여자의 상황이나 형편이 자신보다 나쁘다고 단
정할 수 없었지만, 어쨌거나 반지하로 가야 할 형편은 아니었고 남이 버
린 침대를 쓰지 않아도 된다는 것이 위로가 되었던 건 사실이었다. 그러
나 여자와 대화를 하다 보니 자신이 자꾸 작아지는 느낌이 들었다. 삶이
아무리 궁지에 몰리고 가장 낮은 곳에 정지해 있다고 한들 자존감까지 바
닥 치지는 않는 사람, 그렇게 멋진 사람으로 살고 싶었다. 지금 눈앞에
있는 여자가 화영이 바라온 사람과 비슷해 보였다.

102호 여자는 "삶이 아무리 궁지에 몰리고 가장 낮은 곳에
정지해 있다고 한들 자존감까지 바닥 치지는 않는 사람"이었으
며, 이런 모습은 평소 "화영이 바라온 사람"의 모습이기도 했던
것이다. 102호 여자는 진짜 성자였던 것일까? 102호 여자와의
만남이 있은 이후, 축복과도 같은 일들이 화영에게 밀려들어 온
다. 결별을 선언했던 태호는 화영의 집에 다시 찾아와서 복음을

들려주는 것이다. 누나가 결혼을 하게 되었으며, 자신이 졸업할 때까지 누나와 함께 살던 집을 혼자 쓰게 되었다고 말한다. 태호는 화영에게 자신의 집에서 같이 살자는 제안까지 한다. 화영은 "자신의 인생에 이렇게 딱딱 맞아떨어지는 순간은 없었다"라며, 힘차게 웃으며 작품은 끝난다.

4. 너는 그냥 너의 것이야!

표제작이기도 한 「비대칭 인간」은 무척이나 사변적인 작품이다. 이 작품의 주인공 '나'는 이십 대 취준생으로서 선글라스를 끼면 자꾸 어긋나고 삐뚤어지는 증상을 겪는다. 이것은 너무나 미세한 증상이어서 '나'만 민감하게 느낀다고도 볼 수 있는 정도이다.

이러한 비정상적인 상황에서 가장 먼저 '내'가 선택하는 길은 원인을 찾아 그에 맞춘 해결책을 찾는 것이다. 성형외과 의사는 "부정교합이 있다면 타고났을 수도 있고요. 그게 아니라면 어떤 외상이나 생활 습관이 원인일 수도 있고요"라고 말한다. '나'는 엄마에게 전화를 걸어 자신이 "태어날 때 정상이었냐"라고 묻는다. 엄마에게서 자신이 정상으로 태어났다는 것을 확인한 '나'

는, 곧 전 남자 친구에게 폭행을 당한 그때부터 비대칭이 되었을지 모른다고 생각한다. 다음으로 생각하는 원인은 어린 시절부터 이어진 수면 습관이다. '나'는 왼쪽으로만 자는데, 그 습관은 아빠가 사업을 말아먹는 바람에 좁아터진 연립주택으로 이사한 이후부터 이어진 것이다. 좁은 방에서 동생과 함께 지냈는데 하나밖에 없는 침대는 동생의 몫이었고 "침대 아래 시커먼 공터에서 무언가 기어 나올까 봐 등으로 입구를 막고 긴장하며 잠을 잔 것"이 왼쪽으로만 자게 된 수면 습관의 원인이 된 것이다. "어린 딸의 잠자리를 제대로 봐주지 않은" 엄마 탓을 하다가, 그것은 사업에서 실패한 아빠 탓으로 이어지고, 그건 다시 굴지의 대기업과 영세 중소기업이 공존하지 못하게 만들어놓은 불공정한 자본주의의 탓으로까지 확장되고, 마지막에는 그것을 바로잡지 못한 나라 탓으로까지 이어진다. 그러나 이 원인의 무한 사슬이 보여주듯이 특정한 원인을 찾는다는 것은 거의 불가능에 가까운 일이다. 그뿐만 아니라 이러한 원인 찾기는 일종의 강박증으로 이어질 수도 있으며, 어쩌면 강박증으로 인해 끝없이 원인을 찾게 되는 것일 수도 있다. '나'조차도 "비대칭이 신체적 장애라고 정의하기엔 다소 무리가 있을지도 모르겠지만, 그로 인해 발발한 습관과 그것을 의식하며 괴로워하는 건 정신적 장애가 분명하지 싶었다"라고 생각한다.

이러한 원인 찾기의 문제점을 일깨워주는 존재가 수오이다. "자기 검열이 심하고 매사 예민"한 '나'와는 반대로 수오는 "대단히 긍정적"이다. 일테면 수오는 누군가와 부딪쳐 명품 선글라스가 땅에 떨어졌을 때, 부딪친 사람은 쳐다보지도 않고 선글라스가 깨지지 않아 다행이라고 생각하는 종류의 사람이다. 수오는 안면 비대칭과 그 원인에 집착하는 '나'에게 "자꾸 생각하지 마. 누구나 어디 한 군데는 비대칭이야. 하다못해 심보가 그런 경우도 있어"라고 위로하기도 한다. 그러나 "인식의 시작은 비로소 일상을 망가트리기 시작"했으며, '나'는 그간 면접에서 떨어진 이유도 모두 "비대칭 얼굴 때문이라는 억지 결론에 도달"한다. 타로 마스터의 "해결하려면 대면해야지"라는 말은 안면 비대칭에 대한 집착이, 어쩌면 '내'가 마주한 현실로부터 벗어나기 위한 환상의 커튼일 수도 있다는 점까지 암시한다.

원인을 찾아 그에 맞춘 해결책을 찾는 것이 난망한 상황에서 '나'는 자신이 애써 외면하려고 했던 현실을 있는 그대로 받아들이는 것이 나을지도 모른다는 직관에 이른다. 그러한 깨달음의 길동무는 역시나 남자 친구인 수오이다. '내'가 "사진관 아저씨는 분명 왼쪽 얼굴만 울고 있다고 말했고 성형외과 의사는 내 얼굴이 안면 비대칭이라고 했고 멀쩡한 선글라스는 자꾸 비뚤어졌는데, 넌 어떻게 생각해?"라고 묻자, 수오는 "사진관 아저씨는 컴퓨터로 내 얼굴을 지나치게 확대했기 때문이고, 성형외과 의사는 눈에 불을 켜고 고칠 곳만 찾는 사람이라 그런 거고, 멀쩡한 명품 선글라스는 서양인 이목구비에 맞게 제작되었기 때문"이라고 대답하는 것이다. '나'는 수오의 말이 "답인지는 모르겠지만 꽤 일리 있는 말"이라고 생각하고, 이 순간 '나'는 문제는 비대칭의 원인을 찾는 것이 아니라 비대칭과의 거리를 조절하는 것이라는 인생의 지혜를 깨닫는다.

나는 쇼윈도를 한참 동안 쳐다보았다. 수오도 함께 쳐다보았다. 내 비대칭 얼굴이나 수호의 짝짝이 눈썹은 전혀 티가 나지 않았다. 거리. 그게 문제였을까. 너무 가까운 게 문제였을까. 전 남자 친구의 행동이나 어릴 적부터 왼쪽으로 자는 습관 따위는 내 비대칭 얼굴과 관련 없는 걸까. 왼쪽으로 잠자는 습관이 들게 만든 엄마나 아빠 혹은 이 나라 경제구조의 잘못도 없는 걸까. 선글라스는 진짜 정상인 걸까. 혹시 내 얼굴은 비대칭이 아닌 걸까. 거리만, 지금 쇼윈도에 비친 거리 정도만 유지한다면 나는 이 상황에서 벗어날 수 있을까.

'나'는 드디어 '적당한 거리'라는 새로운 삶의 방식을 찾아낸 것이다. 그것은 이미 주어진 비대칭(현실)의 원인을 찾고 그 극복책을 찾는 것이 아니라, 비대칭 자체를 인식하고 받아들이는 자신의 태도를 조절하는 것에 해당한다고 할 수 있다. 그러나 이러한 깨달음이 바로 실현될 수는 없다. 그것은 "거리만, 지금 쇼윈도에 비친 거리 정도만 유지한다면 나는 이 상황에서 벗어날 수 있을까"라고 회의하는 '나'의 모습에서도 확인할 수 있다. 나아가 '나'는 "비대칭이기 이전의 나를 찾고 싶었다. 비대칭이었어도 비대칭인지 몰랐던 그때로 돌아가고 싶었다. 돌아갈 수 없다면 바로잡아야 했다"라고 생각하는 예전의 모습까지 보여준다.

이러한 상황에서 수오는 오른쪽을 향해 누운 '나'와 그런 '나'를 향해 누운 자신을 황금색 박스 테이프로 감아 밀착시킨다. 이것은 안면 비대칭의 원인일 수도 있는 하나의 가능성을 극복하는 실질적인 방법이기도 하다. 이 마지막 대목은 해결책을 고민만 했던 이전의 '나'와 달리, 구체적인 실천을 보여주는 모습에 해당한다고 할 수 있다. 동시에 수오가 '나'에게 던지는 "너는 그냥 너의 모든 것이야!"라는 말은 '적당한 거리'라는 삶의 지혜에 해당하는 말이기도 하다. 자신에 대한 긍정과 사소하지만 구체적 실천을 통해 비대칭은 대칭으로 변모될 가능성이 비로소 개시되는 것이다. 「비대칭 인간」에서 제시된 삶의 방향성은 이은정이 제안하는 한국 소설의 방향성으로 생각되기도 한다.

5. 희망이라는 정언명령

한때 소설을 평가할 때 전망^{perspective}이라는 말을 중요시하던 시절이 있었다. 이때 전망이란 현실이 어떤 방향으로 전개되어 나갈 것인가에 대한 가시적인 방향을 가리키는 말이다. 소설이 단순히 인정세태를 묘사하는 것에 그치지 않고 한 사회의 나아갈 방향까지 제시해주어야 한다는 것이다. 이은정의 『비대칭 인간』은 이러한 전망과는 거리가 한참 먼 작품집이다. 이은정이 독자에게 주고 싶은 것은 전망이 아닌 희망이다. 『비대칭 인간』의 모든 작품에는 희망이라는 음률이 중저음으로 잠시도 쉬지 않고 흘러나온다.

성자에 가까운 인물들이 등장하는 「엄마 같은 말」이나 「침대는 잘못이 없다」는 물론이고, 새로운 삶의 가능성을 제시한 「비대칭 인간」, 「입금하는 사람」에서도 내일에의 가능성을 독자는 충분히 느낄 수 있다. 심지어 정신병에 가까운 인물들로 가득한 「유령 가족」 같은 작품에서도 희망의 가능성은 작품을 따뜻하게 물들이고 있었다. 이러한 희망은 이은정 소설에서는 하나의 정언명령과 같은 역할을 한다고도 볼 수 있다. 그것은 십오 년 만에 만난 친구와 오해를 풀고 조촐하지만 충만한 관계를 다시 시작하는 모습을 보여주는 「소란」과 같은 작품에서도 확인할 수 있다.

「소란」은 십오 년 전에 일방적으로 연락을 끊어버린 소란이 파주에 사는 수진을 찾아오는 것으로 시작된다. 수진은 조그만 집에서 대필代筆을 하며 근근이 살아가고 있다. 소란의 삶에는 한국 사회에서 여성이 겪은 불행한 삶이 그대로 압축되어 있다. 소란은 희명 선배와 사귀고 있었지만, 자신을 집요하게 쫓아다니던 길동우의 아이를 갖게 되어 그와 첫 번째 결혼을 한다. 가족이 없는 소란은 "시작이야 어찌 됐건 가족을 만들어 싶었"던 것이다. 그러나 결혼 이후 길동우는 소란에게 폭력을 휘둘렀고, 결국 소란은 유산을 하고 불임의 상태에까지 이른다. 이 일로 길동우는 감옥에 가게 되고, 이후 소란은 "아무런 죄를 짓지 않은 여자가 도망 다니지 않고 살기 위한 선택"으로 재혼을 한다. 그러나 재혼한 남편은 다른 "여자의 몸에 생명을 부려놓았"고 "자신만 빠지면 완벽한 가족이 되는 거 아니겠냐"라는 생각에 소란은 그 남자를 떠난다. 이후 자신을 찾고 있다는 길동우를 피하기 위해 만난 변호사와 세 번째 결혼을 하여 살고 있다. 그러나 전처의 자식들은 SNS에 소란을 음해하는 악의적인 사진과 글을 올리며 소란을 괴롭힌다. 소란의 이야기를 들으며 수진은 "소란의 잘못은 무엇이었을지, 과연 소란이 잘못한 게 있기나 한 것인지"를 생각한다. 소란은 지금도 안정을 찾지 못해, 수진의 집에 단지 '울기 위해' 찾아오고는 한다.

소란은 이름과는 달리, 세상에 어떠한 소란도 만들어내지 않고 그 모든 아픔을 안으로 삭이고 있다. 소란은 수진에게 "그냥 살아져. 세상에 완벽한 불행은 없거든. 깜깜한 불행 안에 틀어박혀 보니까 구멍이 다 있더라고. 빠져나갈 구멍. 살 수 있는 구멍. 그걸 찾는 것도 내 몫의 삶인 거야"라고 말한다. 소란의 말을 들으며 수진은 십오 년 전 희명 선배를 무참하게 버리고 떠났다며 소란을 비난했던 자신을 반성한다. "인생은 너무나 제각각이라서 타인의 인생을 함부로 예상하고 규정하는 것은 무례하거나 바보 같은 일이었다"라는 것을 깨닫게 된 것이다. 이러한 깨달음에는 "자신은 거의 모든 삶의 피해자이고 타인은 대체로 삶의 가해자라는 피해의식 속에서 우린 그토록 이기적인 것이 된다"라는 아포리즘도 포함된다고 할 수 있다.

'희망의 정언명령'이라는 관점에서 보았을 때, 「눈이 와요」는 예외적인 작품으로 보이기도 한다. 이 작품은 눈 내리는 겨울밤의 포장마차를 무대로 하여 펼쳐지는 한 편의 연극과 같은 작품이다. 이 작품은 살인과 뒤이은 애도마저도 눈 내리는 밤처럼 아름답게 낭만화되는 모습을 보여준다. 한 여자가 포장마차에서 혼자 책을 읽으며 소주를 마시고 있다. 포장마차 이모와 여자는 매우 친밀한 사이이다. 곧이어 네 명의 청년들이 담배 냄새를 풍기며 포장마차 안으로 들어온다. 역도 선수처럼 우람한 체격의 검은 비니가 울자 다른 청년들도 하나둘 따라 울기 시작한다. 검은 비니는 "오늘이 제 생일입니다. 그리고 박태양이 죽은 일주기입니다"라고 말한다. 작년 오늘 이 포장마차에서 생일 파티가 있었고 포장마차 앞에서 싸움이 나는 바람에 박태양이 죽은 것이다. 상대들은 동네 아이들이었고 포장마차 주인은 그날 일이 "사고"였다고 말한다.

이후 한 청년이 포장마차로 들어선다. 여자는 그를 향해 "개자식"이라고 욕을 한다. 욕을 들은 청년은 욕을 들어도 할 말 없는 죄인처럼 고객을 숙인다. 이후 여자는 "살인자"라는 말까지 덧붙인다. 여자는 늘 가지고 다니던 시집을 펼쳐서 시를 읽기 시작한다. "용서, 라는 제목을 읽은 여자가 한참 망설이다가 시를 모두 읽은 후"에 사내는 오열하기 시작한다. 여자는 태양이 죽고 나서 태양이 노트를 모아다가 시집으로 만들었던 것이다. 사실 이 청년은 평소 태양을 줄곧 괴롭혔고, 사고가 난 그날 태양은 처음으로 그에게 저항했던 것이다. 포장마차 이모는 청년에게 태양에게 용서를 빌었냐고 묻지만 그는 "제가 왜요? 사고였다니까요? 아줌마도 사고였다고 인정하면서 왜 자꾸 이러는 거예요? 그 새끼가 덤볐다고요! 좆만한 게!"라고 말한다. 이 청년은 전혀 "용서받기 위한 자세"가 되어있지 않았던 것이다. 작품의 마지막은 만취해 포장마차 앞에 대자로 뻗은 청년을 '나'와 포장마차 이모의 묵인 아래 여자가 살해하는 것이다. 청년이 "용서받지 못한 이유는 애초에 용서를 구할 마음이 없었기 때문"이다. '용서를 구할 마음조차 없는 이'는 결코 존재할 가치가 없는 것이다.

그러나 여기서 주목할 것은 살해의 방식이다. 그 방식은 무척이나 아름다운데, 여자가 눈을 퍼서는 그것을 청년의 몸에 쌓는 것이다. 결국 청년의 몸은 함박눈에 완전히 파묻힌다. 함박눈에 파묻힌 청년의 모습은 너무나 미학화되어 마치 이 청년은 용서를 구하기 위해 소신공양하는 눈사람처럼 보이기까지 한다. 용서받을 수 없는 패륜아를 응징하는 이 낭만적인 살해의 방식은 그 악마적 인간성마저 순백의 아름다움 속에 파묻어버리는 미학적 효과를 발휘하고 있다. 현실의 미학화는 때로 아름답지만 이토록 치명적이기도 한 것이다.

그러고 보면, 소설집 『비대칭 인간』에는 몇 번이나 되뇌이게 되는 개성적인 문장들이 씨처럼 곳곳에 박혀있다. "젖어도 무방한 계절은 습한 여름이 아니라 밤이 긴 겨울이었다."(「눈이 와요」), "화영은 구렁이가 직립 보행하려는 듯한 태호의 화법이 정말 지긋지긋했다."(「침대는 잘못이 없었다」), "선배는 소란을 보자 벌어지지 않는 썩은 조개처럼 입을 닫아버렸다."(「소란」), "정성껏 빨아들이고 죽을힘을 다해 내뱉어 자식을 얻은 자리에 암이 생겼다."(「엄마 같은 말」)와 같은 문장들은 그 몇몇 사례일 것이다.

이은정의 『비대칭 인간』은 한국 소설 독자들이 거의 받아본 적 없는 '희망의 정언명령'이라는 근사한 선물을 가득 안겨주는 소설집이다. 이때의 희망은 밀실과 광장의 변증법을 거쳐, 우리에게 다가온 선물이라는 점에서 한층 뜻깊게 다가온다.

도서출판 득수 소설

비대칭 인간

1판 1쇄 2023년 11월 10일

지은이	**이은정**
펴낸이	김 강
편집	**채 윤**
디자인	**제일커뮤니티** 054·282·6852
인쇄·제책	**천우원색인쇄사**
펴낸 곳	**도서출판 득수**
출판등록	2022년 4월 8일 제2022-000005호
주소	경북 포항시 북구 장량로 174번길 6-15 1층
전자우편	2022dsbook@naver.com
ISBN	979-11-983924-3-5

값 17,000원